이오덕의 글쓰기 교육 ⑥

아이들 시 쓰기

우리 모두 시를 써요

이오덕의 글쓰기 교육 **6**

우리 모두 시를 써요

1판 1쇄 발행 2017년 9월 25일 | 1판 2쇄 발행 2018년 10월 18일

글쓴이 이오덕
펴낸이 조재은 | 펴낸곳 (주)양철북출판사 | 등록 제25100-2002-380호(2001년 11월 21일)
책임편집 이송희 이혜숙 | 편집 김명옥 박선주 | 디자인 육수정 | 마케팅 조희정 | 관리 정영주
주소 서울시 마포구 양화로8길 17-9 | 전화 02-335-6407 | 팩스 0505-335-6408
ISBN 978-89-6372-238-2 04810 | 값 13,000원

어린이제품 안전특별법법에 의한 기타표시사항

품명 아동 도서 | **제조자명** (주)양철북출판사 | **제조 연월** 2018년 10월 18일 | **제조국** 대한민국
주소 서울 마포구 양화로8길 17-9 | **연락처** 02-335-6407 | **사용 연령** 10세 이상

우리 모두
시를 써요

양철북

시는 누구든지 쓸 수 있다. 그리고 어린이는 모두 시인이다.
이런 생각을 나는 오래전부터 하고 있어서 이것을 많은 어
린이들에게 가르쳐 주고 싶었는데, 이제야 겨우 그 생각을
책으로 써내게 되었습니다. 머리말을 몇 줄 쓰려고 하는데
마침 초등학교에서 시 지도를 훌륭하게 하고 있는 이호철
선생님이 학급 문집을 보내오셨기에 거기 실려 있는 시 한
편을 소개하겠습니다.

팔려 가는 소 조동연 경북 경산 부림초 6학년

소가 차에 올라가지 않아서
소 장수 아저씨가 "이라" 하며

꼬리를 감아 미신다.
엄마 소는 새끼 놔두고는
안 올라간다며 눈을 꼭 감고
뒤로 버틴다.
소 장수는 새끼를 풀어 와서
차에 실었다.
새끼가 올라가니
엄마 소도 올라갔다.
그런데 그만 새끼 소도
내려오지 않는다.
발을 묶어 내릴려고 해도
목을 맨 줄을 당겨도
엄마 소 옆으로만
자꾸자꾸 파고들어 간다.
결국 엄마 소는 새끼만 보며
울고 간다. (1987. 12. 18.)

송아지를 두고 엄마 소가 팔려 가는 광경을 보고 쓴 시입니다. 이 아이는 송아지와 엄마 소가 서로 떨어지지 않으려고 하는 것을 보고 마음 아프게 여겼습니다. 아마 눈물도 흘렸을 것입니다. 글에는 소가 불쌍하다든지, 눈물을 흘렸다든지 하는 말이 없지만, 그런 마음이 없이는 결코 소의 모양을 이렇게 쓸 수가 없습니다.

슬픔을 느끼지 못하고 눈물을 흘릴 줄 모르는 사람은 참기쁨도 모릅니다. 그리고 시를 쓸 수 없습니다.

어른들은 생명을 짓밟고 죽이기를 예사로 합니다. 어렸을 때는 그렇지 않았는데 나이가 많아질수록 사람은 이상하게 되어 갑니다. 어린이는 누구나 시인이 될 수 있는 것은, 이와 같이 슬픔도 눈물도 모르고 돌같이 굳어 버린 마음을 가진 어른들과는 달리, 참으로 곱고 부드러운 마음, 사람이 본래 가지고 있던 마음을 가졌기 때문입니다. 개미 한 마리를 짓밟고도 가엾다는 느낌이 안 든다면 그 아이는 벌써 비참한 어른이 된 아이입니다. 이런 어린이는 시를 못 씁니다.

남의 아픔을 내 아픔같이 생각하는 사람은 아무리 나이 많아도 어린이 마음을 잃지 않은 사람입니다. 슬픔과 눈물을 모르는 사람은 시를 써도 남의 흉내를 낼 뿐입니다. 말재주를 부린 거짓 시는 이래서 나옵니다.

어린이 여러분! 여러분의 참과 아름다움을 지키기 위해, 눈물과 웃음을 지키기 위해 시를 읽고 시를 씁시다. 시를 쓰는 것은 사람이 사람답게 되는 가장 확실한 길입니다.

1986년 8월 15일 이오덕

3장 이렇게 써야 시가 되지요

읽어 두기

1 이 책은 《우리 모두 시를 써요》《어린이 시 이야기 열두 마당》(지식산업사)을 합쳐 새로 고쳐 펴냈습니다. 1, 2장은 《우리 모두 시를 써요》, 3장은 《어린이 시 이야기 열두 마당》에 해당합니다. 다만 차례를 조금 바꾸었으며, 《우리 모두 시를 써요》의 '3부 어른도 어린이와 함께' 일부와 《어린이 시 이야기 열두 마당》의 다섯째, 여덟째, 아홉째 마당은 싣지 않았습니다.

2 이 책에서 보기로 든 글은 이오덕 선생님이 지도한 아이들 글과, 일부 연재했던 잡지에 보내온 어린이들의 글 밖에, 여러 곳에서 나온 학급 문집에서 가려 뽑았습니다.

3 맞춤법과 띄어쓰기는 지금 표기법을 따랐습니다. 다만, 이오덕 선생님이 지금 맞춤법과 달리 띄어 써야 옳다고 여긴 '우리 말' '우리 나라' 같은 말은 그 뜻에 따랐습니다.

4 이 책에 실은 아이들의 글은 띄어쓰기만 바로잡았습니다. 사투리나 입말, 아이들 말은 그대로 살렸습니다.

5 '국민학교'는 '초등학교'로 바꾸었으며, 대구 논공초등학교와 북동초등학교는 이전의 경북 달성 논공초등학교와 북동초등학교입니다.

1

어린이의
말은
시래요

박자가 안 맞아!

시와 감동 1

지난여름 거창 샛별초등학교에 가서, 우리 한국글쓰기교육
연구회 여러 선생님들이 5학년 어린이들과 같이 강당에 모
여 시 공부를 하던 날입니다. 그날 저녁에 나는 주중식 선생
님 내외분을 따라 주 선생님 사시는 아파트 근처에 왔을 때
아주 재미있는 얘기를 들었습니다. 읍이라도 그곳은 변두리
라 개구리 소리가 들리기에 "개구리가 울고 있네요" 했더니
주 선생님 내외분이 이런 말을 하신 겁니다.

"여기 아파트 옆이 이렇게 풀밭이라요. 그래서 여름내 개
구리 소리가 들리는데, 더구나 지난 초여름에는 어찌나 개
구리가 울어 대는지, 옛날 어릴 때 살던 고향 마을 생각이
났어요."

"하루는 하아린(주 선생님 아들, 6학년)이 몸살인가를 해서 학교를 쉬고 방에 누워 있었지요. 저녁이 돼도 몸부림을 치고 하더니 개구리 소리 때문에 잠을 못 드는지 갑자기 일어나 짜증 섞인 듯한 혼잣말로 이렇게 중얼거렸어요. '하이고, 뭐 저래. 박자가 하나도 안 맞어!' 그 소리를 듣고 얼마나 웃었는지 모릅니다."

꼭 어린애들같이 즐겁게 얘기하는 두 분의 말은 듣기에도 즐거웠지만, 바로 하아린이 중얼거렸다는 그 말이 내게도 참 재미있다는 생각이 들었습니다.

"하이고, 뭐 저래.
박자가 하나도 안 맞어!"

이건 정말 훌륭한 시라고 생각되었습니다.

6월 달쯤, 모내기를 하게 될 무렵 농촌의 들길을 걸어가 보세요. 더구나 그때가 저녁이라면 온 들판에서 울어 대는 개구리들의 소리가 커다란 합창이 되어 하늘에 사무칠 것입니다. 요즘은 워낙 농약을 많이 뿌려서 올챙이부터 살아남기 어렵게 됐지만, 그래도 웬만한 시골에 가면 아직도 그 자연의 음악을 들을 수 있습니다.

옛날부터 우리 나라 사람들은 자연 속에 살면서 바람 소리, 물소리, 새소리, 벌레 소리들과 함께 개구리 소리도 아름다운 자연의 소리로 느끼고 들었습니다. 그런데 요즘 어린이들은 자연을 모르고 자연에서 떠나, 사람이 만들어 낸 기계 같은 환경에서 기계들이 내는 소리만 들으면서 살지요. 그래서 자연의 소리를 모르고 있습니다. 무엇이든지 멀리하고 있으면 이해를 못 하고, 싫고, 밉고, 적이 되고 말지요. 옛날의 어린이들은 밤에 개구리 소리를 들었을 때 자장가를 듣는 기분이 되어 잠을 잤는데, 요즘 어린이는 도리어 그 소리가 귀에 거슬려 짜증이 나고 잠이 안 오는 것 같으니 이건 뭔가 크게 잘못된 것 아닐까요? 우리 인간의 삶, 문명이 병들어 버린 것이라고 생각합니다.

그건 그렇고, 그래도 하아린이 내뱉은 그 말은 참 훌륭한 시입니다.

"박자가 하나도 안 맞어!"

이 짧은 한마디 말은 개구리 소리를 너무나 잘 표현하고 있습니다. 누구나 개구리 소리를 들은 사람이라면 '정말 그렇구나!' 하고 느낄 것입니다. 지금까지 수많은 사람들이 개구리 소리를 시로 썼지만, 이렇게 짧은 말로 잘 나타낸 시가 없었다고 생각합니다. 하아린의 이 말에는 더구나 요즘 어린이들답게 개구리 소리를 나타낸 것이 주목됩니다.

시는 이렇게 우리가 그 무엇을 보았을 때 바로 떠오르는 느낌을 잡은 것입니다. 그 느낌은 흔히 저도 몰래 지껄이는 혼잣말이 됩니다. 《홍당무》의 작가 쥘 르나르가 쓴 '뱀'이란 시를 우리 말로 옮기면 단 넉 자가 됩니다.

너무 길다.

뱀을 이보다 더 잘 나타낼 수 없겠다는 생각이 듭니다.
다음은 2학년 어린이가 쓴 시입니다.

돼지 신성희 경북 영천 영천초 2학년

돼지는 몸이 길죽하여 둥글다.
돼지 꼬리는 라면같이 말려 있다.

돼지의 모양을 참 잘 보았지요? "몸이 길죽하여 둥글다" 고 한 것도 그 느낌을 잘 잡았지만, 꼬리가 "라면같이 말려 있다"고 한 말은 참으로 훌륭합니다.
다음 글을 읽어 보셔요.

부처님 탄신일 김수정 경기 고양 홍도초 2학년

부처님이 오신 날이다.

어떤 애들은 부처님이 오신 날이라 하고 어떤 애들은 탄생하신 날이라 한다.

나는 외할머니를 따라 절에 간 적이 있다.

부처님은 머리를 파마를 하시고 이마에 점이 있었다.

또 부처님은 보자기 같은 옷을 입고 있었다.

부처님은 눈을 반달같이 뜨고 있었다.

이 글은 전체로 봐서는 산문으로 되어 있습니다만, 이 글 가운데는 시의 느낌과 말이 들어 있습니다. 어느 부분인지 곧 알아낼 수 있겠지요? 부처님의 모습을 말한 뒷부분입니다. "부처님은 머리를 파마를 하시고 이마에 점이 있었다"든지, "부처님은 보자기 같은 옷을 입고 있었다"든지 "부처님은 눈을 반달같이 뜨고 있었다"든지 하는 말들입니다. 읽으면 저절로 웃음이 납니다. 부처님 모양을 너무나 잘 나타냈기 때문입니다.

그런데 이렇게 부처님은 파마를 하셨다든지, 돼지 꼬리가 라면같이 말려 있다든지, 뱀이 너무 길다든지, 개구리 소리가 박자가 안 맞는다든지 하는 말들은 일부러 그런 재미있는 말을 쓰려고 머리로 생각을 짜내어서 된 말이 결코 아닙니다. 어떤 동물이나 그 무엇을 보았을 때(그 소리를 들었을 때),

그 순간 머리에 번개같이 떠오른 말입니다. 시란 이렇게 해서 생겨납니다. 이렇게 여러분이 무엇을 보거나 들었을 때 '참!' 하고 느낀 그 무엇을 붙잡아서 쓰면 시가 됩니다. 어린이의 마음은 (온갖 이해를 따져서 꾀를 부리고 재주를 피우는 어른들과는 달리) 착하고 깨끗하기 때문입니다. 그래서 어린이는 시인이라고 말하지요. 어린이 여러분은 누구나 시인입니다! 어른도 어린이 마음이 되기 때문에 시를 쓰는 것입니다.

나도 기분 좋았다

시와 감동 2

우리가 무엇을 보거나 듣는 순간에 머리를 스쳐 가는 느낌은 아주 빈 마음으로 그것을 놓치지 않고 잘 잡지 않으면 곧 사라지는 것일 수도 있고, 잠시나마 그 자리에 있는 동안은 마음을 사로잡을 수도 있고, 더러는 꽤 오랫동안 가슴에 파고들어 있는 수도 있습니다.

좀 오래 가슴에 남아 있는 느낌은 우리가 살아가는 세상의 일과 깊은 관계가 있습니다. 다음 시를 읽어 봅시다.

명숙의 벌 이은화 부산 구포초 5학년

오늘 아침에

명숙이가 벌을 섰다.

무릎을 꿇어
두 손을 위로 번쩍 들어
웃고 있었다.

다른 때 같으면
명숙이가 불쌍했는데
명숙이가 웃으니
나도 기분이 좋았다.

두 손을 번쩍 들어 벌을 받고 있는 동무, 그 아이가 웃고
있는 것을 보고 "나도 기분이 좋았다"고 했습니다. 왜 좋았
을까요?

다른 때같이 웃지 않고 괴로워했다면 제 마음도 괴롭고
"명숙이가 불쌍했는데" 다행하게도 명숙이가 웃고 있어서
잘도 참는다 싶어 마음이 놓였던 것입니다. 벌을 받아 손을
들고 꿇어앉아 있는 아이의 모습, 그 아이를 생각하는 시 쓴
이의 마음이 잘 나타나 있습니다.

이 시의 마지막 줄이 "나도 기분이 좋았다"로 되어 있습
니다. 대개 무엇을 했든지 '기분이 좋았다'고 쓰게 되면 시

가 되기 어렵습니다. 자기중심의 얕은 감정을 토해 내는 말이 되어서 남의 마음을 움직일 수 없기 때문입니다. 그런데이 작품은 그런 자기중심의 기분 표현이 아닙니다. 고통을당하는 친구가 그 고통을 잘 참고 있는 것을 보고 저도 기분이 좋았다는 것이니, 이 "기분이 좋았다"는 상태는 사실은친구의 괴로움을 자기의 괴로움으로 받아들이고 있는 훌륭한 마음입니다.

다음 시는 어떤 마음으로 쓴 것일까요?

개 유동필 경북 경주 전촌초 6학년

우리 집 옆집에 있는 개
언제나 멍멍멍
주인이 와도 멍멍멍
우리가 가도 멍멍멍
언제나 갇혀 있는 신세.
하지만 개는 좋아서
꼬리를 흔든다.
풀려 있어도 도망가지 않는다.

옆집 개가 갇혀 있는 것을 보고 쓴 시입니다. 그 개는 사람이 가면 반가워서 꼬리를 흔듭니다. "풀려 있어도 도망가지 않는다"고 했는데, 사실은 풀어놓아 준 것이 아니라, 풀어놓아 줘도 도망가지 않을 개를 왜 가두어 놓았나 하고 갇힌 개를 동정하고 주인을 원망스러워하는 듯 느껴집니다.

주인이 와도 멍멍멍
우리가 가도 멍멍멍

이렇게 개가 짖고 있는 것도 사람이 반가워서, 가까이 오는 사람에게 풀어놓아 달라고 짖는 것이지요. 그런 개의 부르짖음을 이 어린이는 잘 알고 있는 듯합니다.

개가 가엾다든지, 풀어놓아 주었으면 좋겠다든지 하는 말이 한마디도 없지만 개를 생각하는 마음이 잘 나타난 시입니다.

다시 한 편을 읽어 봅시다.

메뚜기 남학생 초 6학년

메뚜기 한 마리 잡았다.
겨우 잡고 보니
앞다리 하나가 떨어졌다.

뒷다리를 잡고 있으니
팔딱팔딱
방아를 찧는다.
다리가 떨어졌는데
무엇이 좋은지 춤을 추듯
방아를 찧나?
팔딱 콩
팔딱 콩
메뚜기는 방아 찧기 선수.

메뚜기나 방아깨비의 다리를 잡고 있을 때 까딱까딱 움직이는 것은 달아나려고 힘을 쓰다 보니 그러는 것이지 어디 방아를 찧는 시늉을 하는 것입니까. 더구나 다리 하나가 떨어져 나간 메뚜기라면 무서워서 기를 쓰고 달아나려고 하는 것인데 "무엇이 좋은지 춤을 추듯" 방아를 찧는다고 했으니, 실제로 그런 생각을 한 것인지, 일부러 어린애같이 말한 것인지 몰라도, 그 어느 쪽이든 바보 같은 생각이요, 말입니다. 1학년이나 2학년이 이런 걸 써도 시가 될 수 없는데 6학년이 썼으니, 읽는 사람에게 불쾌한 느낌을 줄 뿐입니다.

남을 이해하지 못하고, 남의 경우는 생각해 보지도 않고 자기 기분만으로 살아가는 사람은 시를 쓸 수 없습니다. 시

는 그것을 읽는 사람의 마음에 무엇인가를 푸근하게 안겨
주는 것이기 때문입니다.

진짜 말과 가짜 말

시와 감동 3

무엇을 보는 순간 머리에 떠오르는 생각이나 가슴에 울려오는 느낌은 살아 있는 자신의 것입니다. 그런 느낌이나 생각을 잡아서 쓰면 시가 될 수 있습니다. 그러나 실제로 느낀 것이 아니고 느낀 것처럼 재주를 부려 만들어 쓸 때는 가짜가 되고 거짓이 됩니다. 그러니 느낀 것처럼 꾸며 만들지 말아야 합니다. 남의 글을 볼 때도 그 글이 실제로 겪은 것을 쓴 것인가, 거짓으로 만든 것인가를 구별할 줄 알아야 합니다.

개구리 안태호 경북 영천 영천초 2학년

비가 오니까 개구리가 모이네.

청개구리도 함께 모이네.
비에 떠내려갈까 싶어서
우리 집으로 모이네.

2학년 어린이가 쓴 시입니다. 비가 많이 올 때 개구리들
이 집으로 뛰어들어 오는 것을 보고 개구리가 떠내려갈까
봐 우리 집으로 모여드는구나, 하고 생각했습니다. 실제로
그것을 보고 그렇게 느낀 대로 썼습니다.

개구리 문은희 경북 영천 영천초 2학년

개구리가 친구하고
달리기하고 있다.
보러 가이까네
잡아가는강 싶어서
엄마한테 일러 주러 가네.

이 어린이는 개구리를 사람같이 보았습니다. "잡아가는강
싶어서/ 엄마한테 일러 주러 가네" 하고 쓴 것은 실제로 그
런 느낌을 가졌기에 느낌대로 쓴 것이라 봅니다. 저절로 웃
음이 나는 시입니다. 그러나 만약 이것을 중학생이나 5, 6학

26

년 어린이가 썼다고 하면 시가 될 수 없습니다. 실제로 자신이 얻은 느낌이 아니고 제 동생만 한 아이들의 흉내를 낸 것이니까요.

다음 작품은 어떤지 생각해 보세요. 전차가 있던 때니까 좀 오래된 작품입니다.

전차는 바보 남학생 중 2학년

전차는 바아보
넘어질까 봐
줄을 잡고 다니니……

전차는 바아보
길 잃을까 봐
철길을 타고 다니니……

전차는 바아보
밤이면 무섭다고
불을 켜고

저렇게 커다란 몸뚱인데도

사람보다 무섭다고 뿡뿡

겁먹고 소릴 내고…… (1960. 1.)

　이것은 중학생이 아니라 초등학생이 썼다고 해도 거짓 느낌이요, 거짓말입니다. 아기들 흉내를 낸 것이지요. 오래전에 쓴 시인데, 그런 옛날에도 이런 엉터리 작품이 상 받고 책에 실리고 했습니다. 요즘도 거짓말 재주를 부리고 싶어 하는 어린이들이 잘못된 동시 쓰기를 하는 뿌리가 얼마나 깊이 박혀 있는지 짐작할 수 있습니다. 앞으로도 이런 작품이 상을 받고 책에 실린다고 해도 결코 속아 넘어가서는 안 됩니다. 아직 어른들도 이런 아이들 흉내를 내는 엉터리 동시를 많이 쓰고 있으니, 진짜와 가짜를 가려볼 수 있는 '맑은 어린이의 눈과 마음'을 늘 닦아 놓고 있어야 합니다.
　다음에 드는 작품도 어느 잡지에 실렸던 것입니다.

거울 남학생 초 6학년

조그만 거울 속에
우리 집 담을 넘어온
느티나무가 들어 있어요.

조그만 거울 속에
푸른 하늘 뭉게구름이
떠 있어요.

조그만 거울 속에
어쩜 모두 모두
담을 수 있을까요?

　이것도 실제로 느낀 것이 아니라 일부러 말을 만들어 쓴 것이 뻔합니다. 그러니 아무 감동도 얻을 수 없습니다. 이 시를 뽑은 분은 거울 속에 "느티나무, 뭉게구름이 비친 데 대한 놀라움을 의문으로 나타냈다"고 칭찬하고 있지만, 6학년 아이가 손거울을 들여다보고 거기 하늘이나 나무가 비치니까 놀랐다는 것은 누가 생각해도 거짓입니다. 어린 아기인 척하는 가짜 시입니다.

비 │ 여학생 초 3학년

비는 1학년이나 봐.
창문으로 내려와서
글씨 쓰고

비는 우산을 적셔 주고
비는 책가방을 적셔 주고
비는 옷을 적셔 주고
비는 우산 안 가져온 사람
적셔 주고
비는 1학년이나 봐.

"······이나 봐"라는 말은 '······인가 봐'겠지요. 아직 3학년
이니까 비가 이렇게 너무 제멋대로 와서 1학년 아이 같다고
쓸 수도 있겠습니다. 그런데 '비는 1학년 아이 같다'고 하는
말과 '비는 1학년 아이이나 봐' 하는 말은 다릅니다. 아무래
도 이것은 실제로 느낀 말이 아니고 남의 말 흉내입니다.

올챙이 이승영 경북 안동 임동동부초 대곡분교 2학년

올챙이를
잡아 가지고 보니
머리 밑에
입이
째매한 기
벌리고 있다.

깨물까 봐
물에 띄워 줬다. (1969. 5. 14.)

올챙이가 깨물까 봐, 이것은 실제로 느낀 것이지 머리로
생각한 것이 아닙니다.

딱지 따먹기 강원식 강원 정선 사북초 4학년

딱지 따먹기를 할 때
딴 아이가
내 것을 치려고 할 때
가슴이 조마조마한다.
딱지가 홀딱 넘어갈 때
나는 내가 넘어가는 것
같다.

이 시에서는 "딱지가 홀딱 넘어갈 때/ 나는 내가 넘어가
는 것/ 같다"고 한 말이 살아 있는 말입니다. 실제로 겪은
일, 살아 있는 느낌과 말이 있어야 시가 됩니다.

아기 업기 이후분 경북 문경 김룡초 6학년

아기를 업고
골목을 다니고 있다니까
아기가 잠이 들었다.
아기가 잠이 들고는
내 등때기에 엎드렸다.
그래서 나는 아기를
방에 재워 놓고 나니까
등때기가 없는 것 같다. (1972. 9. 2.)

　• 있다니까: 있으니까.　• 등때기: 등어리. 등.

　여기서 가장 살아 있는 빛나는 말은 마지막에 나오는 "등때기가 없는 것 같다"란 말입니다. 이 어린이가 처음 쓴 말이기 때문이고, 겪은 일에서 생겨난 말이기 때문입니다. 이 말은 실제로 아기를 업어 본 사람만이 '정말 그렇지!' 하고 느낄 수 있습니다.

　이쯤이면 벌써 여러분은 짐작이 되겠지만, 살아 있는 진짜 느낌과 진짜 말은 실제로 몸을 움직여 활동을 할 때, 일을 할 때 가장 싱싱한 것을 얻어 가질 수 있습니다. 농촌 어린이뿐 아니라 도시 어린이도 이런 살아 있는 느낌과 말을 얼마든지 얻을 수 있다고 생각합니다.

솜씨·재미·감동

시와 감동 4

대개 여러분들이 공부하는 교실 뒤편 벽에는 '솜씨 자랑'이
란 제목을 붙여 놓고 그 밑에 어린이들의 글이나 그림을 걸
어 놓았지요. 난 이 '솜씨 자랑'이란 말이 아주 잘못되었다
고 생각합니다. 그림이든 글이든 손으로 그리고 쓰고 하는
것이지만, 그것은 그 사람의 마음과 삶을 나타냅니다. 솜씨
라고 하니까 남의 것 흉내 내는 손재주만 부리지요. 또 '자
랑'이란 말도 아주 잘못되었습니다. 자랑이라 했으니 남에
게 자랑할 만한 것, 부끄럽지 않은 것, 겉보기 좋은 것만 찾
아서 그리고 쓰고 싶어 하지요. 이 '솜씨 자랑'이란 말은 교
실에서 하는 그림 공부, 글짓기 공부가 얼마나 잘못되어 있
는가를 잘 말해 줍니다. 그래서 내가 어린이들을 가르치던

교실에서는 '솜씨 자랑'이란 말 대신에 다음과 같이 써 붙였던 생각이 납니다.

'내 그림, 내 글은 내 마음입니다.'

그래서 여러분은 남의 시를 읽을 때 얼마나 훌륭한 말로 유식하게 썼나 하고 보아서는 안 됩니다. 다만 마음에 울려 오는 것이 있나 없나, 곧 감동이 느껴지나 안 느껴지나 하고 보아야 합니다. 근사하게 쓴 것, 유식하게 쓴 것이 바로 솜씨요, 솜씨 자랑이거든요. 어린이의 시든지 어른의 시든지 솜씨 자랑이 되어서는 안 됩니다. 더러 작품을 심사하는 어른들이 '이 작품은 깔끔하게 잘 다듬어 놓았다'고 칭찬하는 것을 보는데, 시를 모르고 하는 말이니 믿지 마십시오. 책이나 신문에 발표되는 작품 가운데는 감동이 전혀 없이 쓴 작품이 너무나 많습니다.

먹

먹 속에 한 올 두 올
내 영혼의 실꾸리를 감아 본다.

나는 먹과 한 몸이 되어
한 올 한 올 진하게 풀려

떨리는 붓끝에서
용솟음치고,
힘차게 내긋는 획 속에
살아 숨 쉰다.

먹 속에 숨은
우리 민족의 얼과
민족의 혼이
한데 살아 숨 쉬어
눈부신 정기를 발산한다.

먹 속에 깃든
우리 얼과 혼이
영원히 살아 숨 쉬길
기원하는 마음으로
다시 한번 가만히
먹을 잡아 보았다.

이 작품은 어느 지방에서 개최한 백일장에서 장원으로 뽑힌 작품입니다. 신문에 발표된 것인데, 어느 초등학교만 적혀 있을 뿐 학년 표시가 없습니다. 아주 근사하게 썼지요?

놀라운 솜씨를 자랑한 글입니다. 그런데 가슴에 무엇이 울려옵니까? 아무것도 느껴지는 것이 없습니다. 다만 놀랍게 썼구나 하는 느낌뿐입니다. 먹을 갈면서, 붓글씨를 쓰면서 "민족의 얼과/ 민족의 혼이/ 한데 살아 숨 쉬어/ 눈부신 정기를 발산"하는 것을 느낀 것처럼 써 놓았는데, 어처구니없는 거짓말 솜씨입니다. "영혼의 실꾸리"는 또 무슨 말입니까? 이건 붓글씨를 전문으로 쓰는 어른들도 결코 이럴 수가 없는데, 어린이가 이런 태도로 먹을 갈고 붓을 잡는다는 것은 더구나 있을 수 없습니다. 이런 글은 '솜씨 자랑'을 시키는 어른들이 꾸며 만든 가짜 글입니다. 아니면 그런 어른들의 잘못된 가르침을 받아 괴상한 솜씨 자랑 공부를 한 어린이의 글입니다. 비참한 솜씨 자랑이지요.

그런데 교실 뒷벽 '솜씨 자랑'에는 이런 읽는 이들을 겁주는 '공갈하는 글'보다는 다음과 같은 글이 더 많이 내걸립니다.

나무 여학생 초 5학년

햇빛만
보고 자란
나무

36

덥지도 않을까?

더운 여름엔
옷을 입고
자라고

추운 겨울엔
벌거벗고
자라네.

나무는
청개구리
닮았네.

　한마디로 웃기는 작품이지요. '참 그렇구나' 하는 생각에
서 웃는 것이 아니라 너무나 시시해서 웃는 것입니다. 또 이
런 걸 썼구나, 흉내 내었구나 하는 생각에서 웃는 것입니다.
감동은 말할 것도 없고 재미조차 없는 글입니다. 이 글은 어
느 잡지에 실렸던 것인데, 교실에 나붙는 작품도 신문이나
잡지에 나오는 이런 것을 그대로 흉내 내어 쓴 글이 거의 전
부라 생각합니다.

앞에 나온 '먹'은 근사해 보이고 어른스럽고, 이 '나무'는 쉽게 읽히지만, 재미도 감동도 없다는 점에서는 두 작품이 같다고 하겠습니다.

자, 그러면 감동이 담긴 작품이란 어떤 것일까요? 시를 보기 전에 재미와 감동이 다른 점을 좀 알아 두는 것이 좋겠습니다. 다음은 윤석중 선생님이 쓰신 작품입니다.

누나 얼굴 윤석중

머이 머이 둥그냐.
보름달이 둥글지.

머이 머이 둥그냐.
누나 얼굴이 둥글지.

껌정을 껌정을 윤석중

껌정을 껌정을 껌정을
빨갛게 빨갛게 만들어라.
(숯을 숯을 갖다가
불을 붙이면 빨갛지.)

빨강을 빨강을 빨강을
하얗게 하얗게 만들어라.

(숯이 숯이 다 타서

재가 되면 하얗지.)

이것도 웃음이 나오는 작품입니다. 그러나 이 웃음은 시
시하거나 어이가 없어서 웃는 웃음이 아닙니다. '고것 참 재
미있는데' 하는 느낌에서 나오는 웃음이지요. 분명 재미는
있지만 가슴을 울리거나 파고드는 감동은 없습니다. 감동은
없지만 재미로 읽히는 것, 재미로 불리는 것, 이것이 동요입
니다. 이런 동요는 어른들이 씁니다. 어른들이 어린이들에
게 (더구나 저학년 어린이들에게) 재미있게 읽히기 위해 써 보이
는 것이니, 이런 것을 흉내 내어 써서는 안 됩니다. 여러분
이 쓰는 것은 동요도 아니고 동시도 아니고 시조도 아니고
다만 시입니다. 감동을 담은 시, 감동을 느끼는 시입니다.
　감동을 쓰려면 무엇보다도 자기 마음속에서 가장 쓰고 싶
은 것, 절실한 것을 써야 합니다.

나의 걱정　김태홍 강원 횡성 춘당초 2학년

나는 3학년에 올라간다.

올라가면 선생님은
숙제를 많이 내 주면 나는 큰 걱정이다.
숙제를 하는데 동현이가
"야제야, 놀자"
한다.
그러면 할 수 없이 놀아야 한다.
나는 그게 걱정이다.

　이 어린이는 지금 2학년인데 3학년에 올라가는 것을 걱정
하고 있습니다. 왜냐하면, 지금 2학년 선생님은 숙제를 많이
내지 않는데 3학년 선생님은 숙제를 많이 내어서 3학년 어
린이들이 날마다 시달리기 때문입니다. 나도 이제 3학년이
되면 저렇게 고생을 할 것인데…… 하고 3학년이 됐을 때를
생각해서 걱정하는 것입니다. 시는 이렇게 자기만 가지고
있는 절실한 느낌이나 생각부터 써야 합니다.

　빛 김형삼 경북 울진 온정초 3학년

우리 집에는 무슨 일인지
빚을 졌다.
논 몇 마지기 팔고도

빚을 다 못 갚아서
재판장한테 가서
재판을 받았다.
그런데 아버지께서
울면서 오셨다.
아버지께서
"형삼아, 너들 잘 살아라.
형삼아, 니가 크면
돈 없는 사람 도와주어라"
하며 울었다.
나도 울었다. (1985. 6.)

이 시도 3학년 어린이가 썼지만, 5, 6학년 어린이까지 이
시에서 배우면 좋겠습니다. 감동이 담긴 시를 쓰려면 무엇
보다도 자기가 남들에게 가장 하고 싶은 말을 해야 하고, 가
슴속에 맺혀 있는 것을 풀어놓아야 한다는 것을 여기서도
깨달을 수 있습니다.

남의 말과 자기 말

시와 감동 5

사람이 훌륭하게 되려면 두 가지 아주 다른 방법의 공부를 해야 합니다. 그 하나는 책을 읽거나 남의 행동을 보고 자기가 갖지 못했던 새롭고 훌륭한 것을 발견했을 때 그것을 본받고 따르는 것이고, 다른 하나는 자기 속의 깨끗하고 바른 것, 자칫하면 남들에게 업신여김을 당하여 짓밟히기 쉬운 것을 아끼고 키우고 그것을 끝까지 지켜 나가는 태도입니다. 이 두 가지는 정반대가 된다고 할 수 있지만 두 가지 노력이 다 필요합니다. 그런데 글을 쓸 때나 그림을 그릴 때는 이 두 가지 노력 가운데 뒤의 것, 곧 자기의 삶과 느낌과 생각을 아끼고 가꾸는 태도를 가져야 합니다. 남의 흉내는 어떤 것이라도 버려야만 시를 쓸 수 있습니다.

우리 선생님은
믿음직스럽다.

우리 선생님은
미남이시다.

우리 선생님은
정직하시다.

우리 선생님은
언제나 훌륭하시다.

6학년이 쓴 글입니다. 선생님께 잘 보이기 위해 쓴 것이라
할 수밖에 없습니다. 아무 가치도 없는 글이지요. 먼저 자기
자신의 마음을 정직하게 써야 합니다.

하늘 마음 여학생 서울 초 6학년

하늘은
내 마음의 어머니.
넓고 넓은 품속에

안기고 싶다.

하늘은
마음을 그리는 도화지.
끝이 없는 하늘의 마음
그 마음속
포근히 안기고 싶다.

하늘을 쳐다보고 느끼는 이런 마음은 누구나 가지고 있습니다. 누구나 지닌 느낌을 누구나 흔히 하는 말로 써서는 흉내가 되어 버립니다. 누구나 느끼는 것이라도 그때 일을 잘 생각해 보면 그때마다 다릅니다. 그 다른 것을 잡아야 합니다. 자기만이 가진 느낌이나 생각을 나타내는 말이 있어야 합니다.

하늘 정상문 경북 경주 경주초 2학년

하늘은 높다.
하늘은 저리 노푸단하다고
하늘은 지가 대통령이다고
생각하였습니다. (1967. 7. 24.)

* 노푸단하고: 높단하다고. 높다랗다고.
* 지가: 저가. 제가. 자기가.

2학년이 쓴 이 시에는 자기 느낌이 있고, 자기 말이 있습니다.

대체로 낮은 학년 어린이들은 자기의 말을 잃지 않고 쓰는데, 학년이 오를수록 제 것을 버립니다. 더구나 일반 교과 공부를 잘한다는 어린이들이 제 것을 가질 줄 모릅니다. 재주로 남의 것을 모방하려 하지요.

시골로 가고 싶어요 여학생 초 6학년

시골로 가고 싶습니다.
밭으로 달려가 무우
한 뿌리 뽑아서
옷에 쏙쏙 비벼서
먹고 싶습니다.

도시에서 먹는 바나나, 파인애플
다 안 먹어도 좋습니다.

상치 한 잎 따서
씻어 막장에다
찍어 먹고 싶습니다.

시골에 가서 살고 싶습니다.

　도시에 사는 어린이가 시골 고향을 생각하여 그 고향에
가고 싶어 하는 것으로 된 시입니다. 그런데 이것 또한 앞에
서 든 '하늘 마음'같이 누구나 생각할 것 같은 내용을 누구
나 말할 것 같은 말로 써 놓았습니다. 여기는 이 어린이 자
신의 삶에서 우러난 말이 없습니다. 그리고 이건 순전히 어
른들의 말이 아닌가요? 부모나 선생님이 하시는 말이나, 써
놓은 글을 그대로 옮겨 놓은 데 지나지 않습니다.

잠자리 김웅환 경북 안동 임동동부초 대곡분교 3학년

잠자리는 일이 없어 놀니 날마다 노기만 한다. 우리가 잠자리라
그면 일도 안 하고 노재. 잠자리는 펜펜해 대배져 놀기만 한다.
(1969. 10. 5.)

• 없어 놀니: 없어 놓으니. 없으니.　• 노기만: 놀기만.
• 잠자리라 그면: 잠자리라 그러면. 잠자리라고 하면.

• 노재: 놀지. • 펜펜해 대배져: 펜펜해 디배져. 편하게 자빠져. 편안하게 멋대로.

산촌에서 날마다 고된 농사일을 하는 어린이가 쓴 시입니다. 생활에서 우러난 자기 느낌이 있고, 자기 말이 있어서, 살아 있는 시가 되었습니다.

한숨 권순남 경북 안동 대성초 6학년

내가 한숨을 쉬니 엄마가
아가 무슨 한숨을 자꾸 쉬노 하신다.
왜 아이들은 한숨을 못 쉴까?
한숨을 쉴 때마다 마음이 편해지는 것 같다.
우리들도 한숨을 쉴 수 있었으면……. (1962.)

"아가"는 '아이가'란 말입니다.

어른들은 한숨을 마음대로 쉬면서 아이들이 한숨을 쉬면 '아이들이 무슨 한숨을 쉬노' 하고 나무랍니다. 그런데 이 어린이는 '왜 아이들은 한숨을 못 쉴까? 한숨을 쉴 때마다 마음이 편해지는데……' 하고 생각합니다. 이것이 자기 말입니다. 자기 말은 자기만이 가진 생각에서 나옵니다.

강냉이죽 김성환 경북 상주 청리초 3학년

강냉이죽 끼리는 데 가 보니
맛있는 내금이 졸졸 난다.
죽 끼리는 아이가 숟가락으로
또독 또독 긁어 먹는다.
난도 먹고 싶다.
그걸 보니 춤이 그냥 꿀떡
넘어간다.
참 먹고 싶었다. (1963. 9. 26.)

학교에서 강냉이(옥수수) 가루로 죽을 끓여서 학생들에게
급식을 했을 때에 쓴 시입니다. "끼리는"(끓이는), "내금"(냄
새), "난도"(나도)와 같이 그 지방에서 쓰는 말뿐 아니라 "졸
졸" "또독 또독" "꿀떡" 같은 시늉말도 아주 알맞게 잘 썼습
니다. 이런 말들은 모두 이 어린이 자신의 말이 되어 있습니
다. 이런 자기 말은 자기 생활과 생각을 귀하게 여겨서 그것
을 그대로 솔직하게 나타내는 데서 나옵니다. 제 것을 보잘
것없게 여기고 덮어 두려고 하면 자기 말이 나올 수 없고 언
제나 남 따라 하는 죽은 말만 쓰게 됩니다.

감동과 말재주

시와 감동 6

시는 감동이 담겨 있어야 참시가 됩니다. 감동이 없는 시는 겉모양만 시같이 되어 있을 뿐이지 시는 아닙니다.

감동이란 우리가 그 무엇을 보거나 무슨 일을 할 때 '아, 참!' '참 그렇구나!' 하고 마음속으로 느끼는 바로 그것입니다. 마음속으로, 진정으로 느낀 그것이 그 사람의 살아 있는 말로 써졌을 때 시가 됩니다. 살아 있는 말이란 그 사람의 마음에 딱 맞는 말, 일상에서 쓰는 말, 빌려 온 말이나 유식한 말이나 흉내말이 아닌 진정에서 우러난 말입니다. 이 감동이 담긴 살아 있는 말은 재주 부리는 말이 아니란 점을 깊이 새겨 두어야 합니다.

그래서 언뜻 보기에 아주 서툴게 쓴 것 같아도 가슴에 와

닿는 것(감동)이 있으면 시가 되지만, 아무리 유식하고 근사하게 썼더라도 마음속으로 느껴지는 것이 없으면 가짜 시입니다. 우리가 책이나 신문에서 읽게 되는 시에는 진짜 시를 찾아내기가 정말 힘들다는 사실도 알아 두셔요.

우리 어머니 여학생 부산 동신초 4학년

우리 어머니는
날마다 시장에 가십니다.
오늘도 새벽에 나갔습니다.
우리 어머니는 쇳덩거리입니다. (1952. 12.)
 • 쇳덩거리: 쇳덩어리. 쇳덩이.

날마다 새벽에 일어나 온종일 장사 일에 시달리시는 어머니, 그 어머니는 오늘도 새벽에 시장으로 갔습니다. 고생하시는 어머니를 생각하는 마음이 "우리 어머니는 쇳덩거리"란 말에 잘 나타났습니다. 흉내 낸 말, 꾸며 쓴 말이 아니고 마음속에서 터져 나온 진정의 말입니다.

공부를 못해서 정익수 경북 상주 청리초 3학년

나는 공부를 못해서 걱정이다.

집에 가마 맞기마 한다.

내 속에는 죽는 생각만 난다. (1964. 2. 15.)

"집에 가마"는 '집에 가면', "맞기마"는 '맞기만'이란 말입니다.

이 시는 1964년에 쓴 것입니다. 그때도 아이들은 시험공부에 너무 시달렸지요. 이와 같이 하고 싶은 말, 절실한 말을 쓰는 데서 감동은 나타납니다. 그리고 이러한 어린이 말은 흔히 입으로 하는 말, 곧 사투리로 나타납니다.

다음은 국어 교과서에 나왔던 작품입니다. 이 작품을 읽고 감동을 받는지요? 시는 어른이 쓴 것이든 어린이가 쓴 것이든 감동이 생명입니다.

달팽이 김영일

달팽이가
이사 간다.

집 한 채 지고 간다.

한 고개 넘었다.
두 고개 넘었다.

어, 다 못 가
해가 꼬박 졌다.

이 시는 달팽이를 실제로 보고 느낀 것이 아니고, 보지도
않고 달팽이 얘기를 본 것같이 꾸며 놓았습니다. 달팽이를
하루 종일 지켜보고 있는 것처럼 썼기 때문입니다.
"한 고개 넘었다./ 두 고개 넘었다" 이렇게 쓴 것도 달팽
이가 실제로 어느 풀잎이나 바위 위를 기어가는 모양을 뚜
렷하게 잡은 말이 아닙니다. 그리고 "어, 다 못 가/ 해가 꼬
박 졌다"고 한 것은 누가 읽어도 참말이 아닙니다. 실감, 곧
실제로 느낀 말이 아니고 일부러 만든 말입니다.

아기가 들어와
아침 하늘을
얼굴로 연다.

이렇게 시작하는 시가 있습니다. 이 작품도 어른의 머리
로 만든 말재주입니다. 어느 학교의 6학년 어린이들이 모두

이 작품을 알 수 없다고 말하면서, 다음에 드는 '아버지 안경'은 좋은 시라고 말한 것을 어디서 읽었습니다.

아버지 안경

무심코 써 본 아버지 돋보기,
그 좋으시던 눈이
점점 나빠지더니

안경을 쓰게 되신 아버지,
렌즈 속으로
아버지의 주름살이 보인다.

아버지는
넓고 잔잔한 바다 같은 눈으로
자식의 얼굴을 바라보신다.

그 좋으시던 눈이 희미해지고
돋보기안경을 쓰시던 날,
얼마나 가슴 찡하셨을까.

돋보기안경을 들여다보고 있으려니,
아버지의 주름살이
자꾸만 자꾸만
파도가 되어 밀려온다.

　그런데 내가 보기로는 이 작품도 쓴 사람이 스스로 감동을 가졌던 것이 아니고, 감동을 한 것같이 머리로 꾸며 만들었습니다. 여러분은 어른들이 쓰는 돋보기안경을 껴 본 일이 있습니까? 어른들의 돋보기안경을 껴 보지 않은 사람은 이 작품에 나타난 거짓을 알아내기 힘듭니다. 실제로 한번 껴 보세요. 당장 눈이 어리어리하고 어지러워서 잠시도 그대로 볼 수가 없습니다. 그런데 이 작품은 어떠합니까? 아버지의 돋보기를 껴 보고는 곧 효자가 되어 아버지의 모습을 그리면서 온갖 근사한 아름다운 말을 해 놓았으니 이것이 어찌 된 셈입니까?
　또 한 편을 들어 보겠습니다. 다음 작품은 그 언젠가 전국 글짓기 대회에서 특선작으로 뽑힌 것인데, 그 뒤 교과서에도 한때 실린 적이 있습니다. 이 작품에도 거짓말이 들어 있습니다. 그 거짓말이 어디에 있는지 알아보세요.

유리창 여학생 초 4학년

빡빡, 덜컹덜컹, 보드득보드득,
열심히 유리창을 닦고 있어요.
언니는 빡빡,
오빠는 덜컹덜컹.

떠들며 웃으며
닦아 놓은 유리창.

유리창이 없어졌나,
깜짝 놀랐죠.

닦을 때는 힘들어도
보기 좋아요.

아이들이 청소하는 모습을 여러 가지 재미있는 소리로 잘 나타내고 있지요. 그런데 셋째 연에서 "유리창이 없어졌나,/ 깜짝 놀랐죠" 하고 썼는데, 이것은 거짓말입니다. 아무리 티 없이 깨끗하게 닦아 놓았기로서니 금방 닦아 놓은 유리창을 쳐다보고는 그 유리창이 없어졌다고 깜짝 놀랄 리가 없습니다. '유리창이 없어진 것처럼 보여요' 하면 모르지만, 없어 졌다고 정말 놀랐으면 정신이 좀 돌아 버린 사람이지요.

아이들은 이런 거짓말을 안 씁니다. 이 작품은 어른이 써 준 것이 틀림없습니다. 요즘은 이런 거짓스런 어른들의 작품을 흉내 내어 말재주를 부리는 아이들이 많아졌습니다. 결코 머리로, 재주로, 꾀로 감동한 것같이 쓰지 마세요. 거짓은 반드시 드러나고 맙니다.

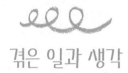

겪은 일과 생각

학교 문집 〈샛별 31호〉에는 비슷한 제목으로 쓴 다음 두 작품이 실려 있습니다. 아마 소풍 갔을 때 글쓰기 내기를 하였던가 봅니다. 두 작품이 서로 잘 대조가 되기에 좀 생각해 보겠습니다.

보리밭 이세미 경남 거창 샛별초 6학년

나는 보리밭을 별로 못 보았다.
그래서 쓸 기 없다.
괜히 왔나 보다.
종이만 버렸다.
 • 쓸 기: 쓸 게.

보리 장재영 경남 거창 샛별초 5학년

보리는 자라기 전에
힘이 없다.
보리는 자라고 나면
힘이 있다.
보리는 추수할 때
꼿꼿하게 서 있다.

사람도 자라기 전에
힘이 없다.
사람도 자라고 나면
힘이 있다.
사람은 늙으면
힘이 없다.

이 두 아이의 시 쓰는 태도가 아주 다르다는 것을 알겠지
요? 앞의 아이는 '보리밭'이란 제목으로 시를 쓰라고 했을
때 쓸 것이 없어 딱하게 되었습니다. 그것은 그날 아침에 학
교에 올 때 보리밭을 보지 못했기 때문입니다. 그러다가 할
수 없이 보지 않았다는 것, 쓸 게 없다는 것을 그대로 쓰자

고 해서 솔직하게 썼습니다. 괜히 왔나 보다, 종이만 버렸다고 했습니다. 아무것도 쓸 것이 없었는데, 쓸 것 없다는 그것이 쓸 것으로 된 셈이지요. 이 아이는 눈으로 보고 귀로 듣고 손으로 만지고 몸으로 행하는 것이라야 글로 쓸 수 있다고 생각합니다. 이런 생각이나 태도는 건강하다고 할 수 있습니다.

그런데 다음 아이는 어떠합니까? 이 아이 또한 보리밭이고 보리고 보지 못했습니다. 그런데도 썼습니다. 바로 보거나 들은 것을 쓴 게 아니고 마음속의 생각을 썼습니다. 지금까지 자기가 알고 있는 보리의 모양을 쓰고, 그다음에는 사람의 모습을 써서 보리와 사람을 견주면서 재미있는 생각을 하고 있습니다. 더구나 그 생각에서 "사람은 늙으면/ 힘이 없다"고 하여 사람이 보리와 다른 점을 말하고 있는 것이 이 아이만의 생각이 되어서 참 좋습니다. 여기서 우리가 배울 점은, 시는 반드시 보고 듣고 행한 체험이 있어야만 쓸 수 있는 것이 아니란 사실입니다. 보지 않고 듣지 않은 것을 생각만으로도 쓸 수 있습니다.

그러나 사람의 생각도 체험에서 나옵니다.

뒤의 작품 '보리'를 쓴 아이도 지난날에 보리를 아주 보지 않았다면 이런 생각을 할 수 없었을 것이고, 가령 어떤 생각을 한다고 하더라도 허황한 것이 될 수밖에 없습니다.

새엄마 권미란 경북 울진 온정초 3학년

길에 어떤 아이가
새엄마 손잡고 간다.
친구들은 새엄마라고
수군거린다.
그래도 아이는
새엄마 좋다고
새엄마 아니라고 한다.
저 아이는 엄마가
얼마나 좋았으면
친엄마같이 여길까?
앞으로 새엄마는 저 아이를
어떻게 키울까?
우리 엄마도 우리를
키우며 살면서도
새아빠와 같이 살지 않는 걸 보면
참 좋다. (1985. 12.)

길을 가는 어느 아이를 보고 생각한 것을 썼습니다. 바로
본 사실에서 얻는 느낌이고, 거기다가 자기의 처지까지 생

각했습니다. 느낌이나 생각은 이와 같이 바로 겪은 일에서 나온 것이라야 절실한 것이 됩니다. 느낌과 생각이 사실에서 멀어질수록 감동은 없어지고 말장난이 되기 쉽지요.

틔밥 틔우기 정준한 초 5학년

안평에 가서 틔밥을 틔우는데
쌀을 한 되 가지고 틔우면
반 푸대까지 나왔다.
나는 신기했다.

금덩이 10개 넣으면
금덩이 100개 나올 것이다.
금덩이 100개 가지고
불우한 사람을 돕고 싶었다.

이 작품은 두 연으로 되어 있습니다. 첫째 연은 겪은 일을 썼고, 둘째 연은 첫째 연에 나타난 겪은 사실에서 재미있는 공상을 하고 있습니다. 이렇게 엉뚱한 공상을 하는 것도 재미있지요. 그런데, 여기 이 공상은 좀 잘못 썼습니다. "금덩이 10개 넣으면/ 금덩이 100개 나올 것이다"고 한 것은 거

짓입니다. 이것은 무턱대고 재미있게만 쓰려고 하는 흐름에
저도 몰래 따른 것이라 생각되기도 합니다. 또 마지막 줄에
서 "불우한 사람을 돕고 싶었다"고 한 것도 진정을 썼다고
느껴지지 않습니다. 현실에 대한 의견이든지 공상이든지,
생각이란 것은 어떤 자리에서 실제로 떠오른 것을 놓치지
말고 그대로 잡아야 합니다. 그 생각을 두었다가 머리로 자
꾸 늘이고 바꾸고 꾸미고 하다 보면 그만 감동은 어디로 가
버리고 빈말만 남게 되지요.

이 시의 둘째 연을 다음과 같이 썼다고 생각해 봅시다.

금덩이 10개 넣으면
금덩이 100개가 나오는
뻥튀기 기계가 있었으면 좋겠다.
그러면 금덩이 100개를
가난한 사람들에게 나눠 주고 싶다.

만약 이렇게 썼다면 누구나 자연스럽게 받아들일 것입니
다. 실제로 이 어린이가 이렇게 생각했던 것을, 쓸 때 그 생
각을 다시 잘 되살려 내지 못하고 그만 쉽게 쓰다 보니 앞의
글같이 된 것이 아닌가, 하는 느낌도 듭니다.

겪은 일

겪은 일이란 본 것, 들은 것일 수도 있고, 자기가 바로 한 것 (뛰놀거나 일한 것)일 수도 있습니다. 겪은 일을 쓸 때는 흔히 느낀 것, 생각한 것을 함께 쓰기도 합니다.

엿 파는 할머니 권미란 경북 울진 온정초 3학년

수업을 마치고
집으로 돌아오는 중간 길에
또 늙은 할머니께서
엿을 팔고 계셨다.
그 엿을 지나오는데
할머니께서

애들아, 오늘이 마지막이니
이 엿 사 먹으래이.
할머니, 왜 마지막이냐고
물었더니
내가 몸이 아파서 그래
하고 말씀하셨다.
그 말을 듣고도 나는
엿도 사지도 못하고
지나와 돌아다보니
아직도
쪼그리고 앉아 있었다. (1985. 4.)

길에서 들은 엿장수 할머니의 말과 모습을 적어 놓았습니다. 그 할머니와 주고받은 말을 적어 놓은 것이 할머니의 사정을 짐작하게 하고 있습니다. 보고 듣고 말한 것만 적고 자기의 생각은 한마디도 적지 않았지만 할머니를 생각하는 마음이 잘 나타나 있습니다.

이 시는 집으로 올 때 길에서 보고 듣고 말한 것을 "……계셨다" "…… 말씀하셨다" "…… 있었다" 이렇게 그대로 지나간 일로 썼습니다. 겪은 일을 쓸 때 가장 많이 쓰는 형식입니다.

비 온 후 박인숙 경북 울진 온정초 3학년

비가 오고 산을 보니까
맑고 깨끗하다.
햇빛이 나뭇잎을 말려 주려고
비춘다.
산이 참 아름답다.
나뭇잎이 빗방울을
똥 똥 띠기고 있다.
아직도 비한테 젖어 있다.
햇빛이 계속 비추어 준다.
나무들이 싱싱해졌다.
꽃도 비한테 젖어서
빗방울을 똥 똥 띠기고
웃는다. (1985. 7.)

이것은 비 온 뒤의 산과 하늘, 나뭇잎들을 보고 쓴 시입니
다. 공책을 가지고 밖에 나가 보면서 쓴 것인지, 방에서 창
문을 열어 놓고 본 것을 쓴 것인지 모르지만, 지금 막 보고
있는 것을 썼습니다. 그러니까 "깨끗하다" "띠기고 있다"
"젖어 있다" "비추어 준다" "웃는다" 이렇게 지금 되고 있

는 그대로 썼지요. 지난 때를 나타낸 말은 "싱싱해졌다" 하나뿐입니다. 비 온 뒤 눈앞에 보이는 것을 잘 잡았습니다.

추위 권미란 경북 울진 온정초 3학년

땅도 얼었다.
바알간 손에
책가방 들고 간다.
발도 얼었는지
걸음이 잘 안 걸어진다.
오른손에 책가방 쥐고
왼손 녹이고,
왼손에 책가방 쥐고
오른손 녹이고……. (1985. 12. 19.)

이 작품을 살펴보면 맨 첫줄에서 "땅도 얼었다"고 해 놓고 그다음부터 자기가 한 것을 썼는데 "들고 간다" "걸어진다"…… 이렇게 지금 하고 있는 것처럼 썼습니다. 추운 겨울날 학교에 갈 때의 모습을 쓰는데 지금 가고 있는 것처럼 썼다고 해서 실제로 길을 가면서 이렇게 쓰지는 않았을 것입니다. 학교에 가서 교실에 앉아 썼겠지요. 아니면 집에 가서 저녁에 썼는지도 모릅니다. 이렇게 지난 일을 쓸 때 지난 그대로 '들고 갔다' '걸어졌다'로 안 쓰고 지금 겪는 것처럼 "들고 간다" "걸어진다"로 쓰면 더욱 그 자리, 그 모양이 생생하게 나타납니다. 지나가 버린 것을 다시 또렷하게 생각해 내어서 쓰자니 저절로 이런 현재형으로 쓰게 됩니다.

행동과 생각의 표현

아이들이 쓴 시를 살펴보면, 눈으로 보거나 귀로 듣거나 몸으로 행동한 것을 그대로 적은 말과, 생각을 바로 나타낸 말로 되어 있습니다.

오미집 어떤 아이 김지은 경기 안양 안양동초 4학년

내가 오미집 식당에 갔을 때
어떤 남자아이가
어른들이 시키는 일에 시달리고 있었다.
한쪽 눈은 감겼고,
우리 또래와 같은 아이.
나는 걔하고 친구가 되고 싶어요.

그 아이를 돕고 싶어요.

이 시를 보면, 처음 다섯 줄은 어디서 무엇을 본 것을 썼고, 마지막 두 줄은 생각을 썼습니다. 본 것뿐 아니라 들은 것을 써 놓고 생각을 쓸 수도 있고, 행동한 것(일한 것, 놀이한 것)을 쓰고 생각을 쓸 수도 있습니다.

감홍수 강석균 경북 안동 대성초 6학년

나 혼자 감을 따 먹었다.
그런데 감이 홍수라서 작대기로 때리니까
홍수가 떨어져서 터져 버렸다.
몇 번 따도 홍수가 터졌다.
홍수도 할아버지나 할머니처럼
늙었다는 생각이 들었다.

"홍수"는 '홍시'란 말입니다.
이 시는 자기가 무엇을 한 것을 써 놓고 생각을 썼습니다.
이렇게 생각을 마지막에 쓰지 않고 중간에 쓰기도 하고, 첫머리에 쓰는 수도 있습니다. 또 처음부터 행동과 생각을 섞어서 쓰는 경우도 있습니다.

고양이 이소영 경북 울진 온정초 3학년

고양이가 갇혀서 불쌍하다.
열어 줄라 해도
어머니 아버지 때문에
못 나온다.
어제는 고양이 지 스스로 나왔다.
밥 먹을 때 아버지가
불나게 때렸다.
아버지는 밉다.
고양이가 너무 불쌍하다.
새끼도 불쌍해 미칠 것 같다.
고양아, 미안해.
아버지 욕하지 마라. (1985. 7.)

여기서는 생각과 일어난 일(본 것)을 섞어서 썼습니다. 그리고 마지막에는 건네는 말로 맺어 놓았습니다.
그런데 생각이나 느낌을 바로 쓰는 말은 아주 없이, 다만 본 것만을 쓰기도 합니다.

해 질 무렵 손숙향 경북 의성 효제초 4학년

해가 지려는 저 산
해님이 없어지려고 하는구나.

해가 지려는 저 산
빨간 놀이 들려고 하는구나.

해가 지려는 저 하늘
구름이
한두 개씩 없어지네.

해가 지려는 세상
어두컴컴해져 가네.

해가 지려는 숲속
나무들이 잠을 자듯이
고요하네.

해가 지려는 들판에
일하던 사람들이 돌아오네.

학교에 간 아이들이

돌아오네.

이것은 해 질 무렵에 산과 들을 바라본 것을 그림을 그리
듯이 그려 보인 시입니다.
행동만을 그대로 써도 시가 될 수 있습니다.

아버지의 병환 김규필 경북 안동 임동동부초 대곡분교 3학년

우리 아버지가
어제 풀 지로 갔다.
풀을 묶을 때 벌벌 떨렸다고 한다.
풀을 다 묶고 나서
지고 오다가
성춘네 집 언덕 위에 쉬다가
일어서는데
뒤에 있는 독맹이에 받혀서
그 높은 곳에서 떨어질 때
풀하고 구불어 내려와서 도랑 바닥에 떨어졌다.
짐도 등따리에 지고 있었다.
웬 사람이 뛰어와서
아버지를 일받았다.

앉아서 헐떡헐떡하며

숨도 오래 있다 쉬고 했다 한다.

내가 거기 가서

그 높은 곳을 쳐다보고 울었다. (1969. 6. 10.)

이 시는 처음부터 끝까지 행동만을 썼습니다. 다만 이 행
동은 거의 모두 들었던 사건으로 되어 있습니다. 이것은, 들
은 일을 쓰는데 아버지가 당한 일을 눈앞에 생생하게 보여
주기 위해 "갔다" "떨어졌다" "있었다" "일받았다" 이렇게
쓰다가도 그 사이에 "떨렸다고 한다" "쉬고 했다 한다"고
쓴 것을 보아도 알 수 있습니다. 다만 이 시의 맨 마지막 두
줄은 이 아이가 직접 행동한 것을 썼습니다.

들은 것이든지 본 것이든지, 또는 스스로 한 것이든지, 자
기의 생각을 조금도 쓰지 않고 이와 같이 어떤 행동을 적기
만 한 것이 시가 되는 것은 그 행동이 눈앞에 생생하게 그려
지거나, 그 행동 속에 지은이의 짙은 감정이 나타나 있기 때
문입니다.

이와는 아주 반대로 생각만을 쓰는 경우도 있습니다.

일요일 밤 유재성 경기 부천 대장초 6학년

일요일 아침은 상쾌하다.
그러나 저녁이 지나고
밤이 되면
왠지 허탈감에 빠지는 것 같은
충동을 느낀다.
일요일 밤은
왜 쓸쓸한가.
일요일 밤은
텅 빈 것 같다.

여기엔 행동이 조금도 그려져 있지 않고 생각만 나타나 있습니다. 이렇게 생각만 써도 시가 되는 것은, 그 생각이 우러나게 된 삶을 누구나 일상으로 겪는 것이기 때문입니다.

이 시에 나타난 일요일의 아침과 저녁의 느낌은 누구든지 학생이라면 다 겪는 것이고, 그래서 '참 그렇지!' 하게 됩니다. 일요일 아침의 상쾌함은 그날 하루를 자유롭게 살아갈 수 있다는 기다림 때문이지만, 일요일 저녁의 쓸쓸함은 그 자유의 시간이 다 지나가고, 이제 앞으로는 또다시 일주일의 고통스런 학교생활이 기다리고 있어 마음을 짓누르기 때문입니다.

다음은 고등학생의 시입니다.

나는 살고 싶다 이창진 고 1학년

나는 살고 싶다.
눈코 뜰 새 없이 치열한 경쟁 속
좁은 문에 내 몸은 비대하여 들어가질 않는다.
내 몸은 이미 기계 된 지 오래
그러나 살고 싶다.
아침부터 밤까지 고난과 경쟁의 과정
내가 향할 길은
고난을 샅샅이 파헤치고 좁은 문에 들어가기
그러나 현실이 밉다.
누군가는 영생을 누리고 누군가는 구렁텅이에 곤두박질하고
아! 어쩌면 좋아요.
우리들의 방황을, 우리들의 망설임을
누가 만들었나?
그러나 기계라는 감투를 벗지 못하고
오늘도 쉬지 않고 돌고 돌고
또 돈다.

여기서도 처음부터 생각을 쓰고 있습니다. "나는 살고 싶다"는 말이 연달아 나오고, "현실이 밉다"고도 합니다. "누

군가는 영생을 누리고 누군가는 구렁텅이에 곤두박질하고"
그래서 "아! 어쩌면 좋아요" 하고 부르짖습니다. 자신이 비
참한 기계가 된 것을 한탄합니다. 이 시에는 뚜렷한 형편을
그려 놓지 않았고, 모두 괴로운 마음의 몸부림을 나타낸 말
들뿐입니다. 그러나 이 시를 읽으면 누구나 함께 느낄 수 있
습니다. 오늘날 중고등학생들이 놓여 있는 형편, 나날이 시
험 점수 경쟁을 하면서 끔찍하게 살아가는 학교생활을 모르
는 이가 없기 때문입니다.

어느 글쓰기회보에서 시를 관념시와 생활시로 나누어 얘
기한 것을 읽었는데, 관념시란 말은 좀 맞지 않는 말입니다.
아이들이 쓰는 시가 관념으로 나타나면 시가 되지 않습니
다. 관념을 쓴 것이 아니라 느낌이나 생각을 쓴 것이겠지요.
그리고 이렇게 생각을 나타낸 시가 따로 있는 것이 아니라
그것이 바로 생활시입니다. 느낌이나 생각이 생활에서 나오
기 때문입니다. 그 생각이나 느낌이 우러나게 된 생활 행동
이 씌어 있지 않은 것은 다만 그것을 줄여서 안 썼기 때문입
니다. 안 써도 모두 알고 있기 때문입니다.

생각을 쓰는 시는 자칫하면 어려운 말을 쓰기 쉬우니 조
심해야 합니다. 이 시에서는 아주 어려운 말이 되었다고는
할 수 없지만, 그래도 좀 더 쉽게 쓸 수 있는 말이 있습니다.
"비대하여"는 '뚱뚱하여'나 '살이 쪄'로 쓰는 것이 좋고, "과

정"은 '나날'로, "향할"은 '갈'로, "방황"이란 말까지도 '헤맴'이라고 쓰는 것이 좋겠다는 생각이 듭니다. 시는 어떤 내용을 담은 어떤 모양의 시든지 깨끗하고 쉬운 우리 말을 써야 좋은 시가 될 수 있습니다.

시에서 뚜렷하게 겪은 일을 나타내어 보이지 않을 경우가 많지요. 다음 시도 생각만을 쓴 것입니다.

죽음 박상진 서울 사당초 6학년

죽음이란
언젠가 우리에게 오는 것.

누구나 태어나면
죽음과 같이 태어난다.

죽음은 우리를
그림자처럼 따라붙는
인생의 어두운 그림자이다.

우리는 이 시를 읽으면서, 이 시를 쓴 아이가 이 시 앞에 적어 놓은 '개의 죽음'이란 산문을 읽지 않더라도 충분히 그 느낌을 함께 가지게 됩니다. 그만큼 죽음이란 정말 이 시에 적혀 있는 대로 누구한테나 따라붙어 다니는 그림자가 되어 있으니까요. 아무튼 삶에서 우러나는 절실한 느낌이나 생각과, 책으로 읽어서 머릿속에 들어 있는 생각(관념)은 엄연히 구별해야 합니다.

이렇게 볼 때 아이들이 쓰는 시는 삶을 떠나서는 써질 수 없고, 모든 아이들의 시는 삶의 시(생활시)라 할 수 있습니다. 그러니 사실은 굳이 삶의 시니 생활시니 말할 필요가 없습니다만, 워낙 어른들의 작품을 흉내 내어 말재주 놀이를 하는 시가 많이 나오기 때문에 진짜 살아 있는 시를 쓰게 하기 위해 편한 대로 생활시란 말을 씁니다.

지금까지 생각의 표현과 행동 적기로 나누었지만, 이 두 가지를 나눌 수 없는 경우도 있습니다. 나는 부르짖었다든지, 울었다든지 할 때는 그것이 행동을 보여 주는 말인 동시에 감정의 표현이기도 합니다. 그러니 다음과 같은 시가 나오는 것이 당연합니다.

개구리 우경희 경북 안동 길산초 6학년

저녁때 논두렁에 가면 개구리들이
개굴개굴 하고 울어요.

모포기 상간에 개구리와 올챙이들이 끼어서
엄마 개구리 새끼 개구리들 울고 있어요.
새끼 개구리는 천생 엄마 엄마 하는 것 같아요.
그것을 들을라고 논두렁에 두 발 쪼그리고
앉아 있다가
해가 지는 줄도 모릅니다.
개구리 소리 들으면 참말 개구리도
사람과 같다는 생각을 해요. (1976. 7.)

"상간에"는 '사이에'란 말입니다.
"새끼 개구리는 천생 엄마 엄마 하는 것 같아요" 새끼 개
구리들이 우는 소리를 들은 대로 나타낸 이 말은 또 한편으
로 자기 느낌과 생각을 나타낸 말이 되어 있습니다.

②

어린이의
삶은
시래요

삶에서 우러난 감동

시란 무엇일까 1

시는 산문과 어떻게 다를까요? 산문을 이야기글이라고 하는데 대해 시를 노래글이라고 하는 사람이 있습니다. 그러나 노래글이라고 하면 노랫말과 같다고 생각할 우려가 있습니다. 시는 노래같이 쓰는 수도 있지만 그림같이 어떤 정경을 그려 보이기도 합니다. 그러니 노래글이라고 해서는 맞지 않습니다.

또 어떤 분은 말하기를, 산문은 사람이 걸어가는 것이고, 시는 춤추는 것이라고 했습니다. 걸어가는 것은 무슨 볼일이 있어서 일정한 목표를 두고 한 걸음씩 갑니다. 그러나 춤은 어떤 필요가 있어 추는 것이 아니라 흥이 나면 저절로 추게 됩니다. 아니면 괴로워서 몸부림치듯이 추는 춤도 있겠지요. 시가 춤과 같다는 것은 재미있는 말입니다. 시와 춤은 다 같이 그림과 노래의 요소를 가지고 있습니다.

그러나 지금 우리는 시가 무엇인가를 이치로 따져서 알려고 하는 것이 아닙니다. 시를 우리들 저마다 삶 속에서 느끼고 붙잡아서 쓰려고 합니다.

사람은 누구든지 세상을 살아가면서 그 무슨 일에 부딪혔을 때 마음이 켕기고 움직입니다. 감정의 물결이 생겨나는 것이지요. 그 물결이 갑자기 성난 파도처럼 일어날 수도 있고, 천천히 그러나 크게 일어날 수도 있고, 아주 잔잔하게 보일 듯 말 듯 무늬를 짓기도 합니다. 이런 감정의 움직임을 잡아서 보여 주는 것이 시입니다. 어른들이야 시를 어떻게 쓰든지, 어린이가 쓰는 시는 이렇게 해서 씁니다.

청개구리 백석현 경북 안동 임동동부초 대곡분교 3학년

청개구리가 나무에 앉아서 운다.
내가 큰 돌로 나무를 때리니
뒷다리 두 개를 펴고 발발 떨었다.
얼마나 아파서 저럴까?
나는 죄 될까 봐 하늘 보고 절을 하였다. (1970. 5. 23.)

학교에 오다가 청개구리 우는 소리가 나서 살펴보니 길 옆 나무 위에 앉아 있습니다. 장난기가 나서 큰 돌로 나무 밑둥을 탕 때렸더니, 깜짝 놀란 청개구리가 뒷다리 두 개를 펴고 발발 떨었습니다. 얼마나 아파서 저럴까? 내가 큰 죄를 지었구나 싶어 하늘 보고 용서해 달라고 절을 했다는 것입니다.

시란 이렇게, 그 어느 때 어느 곳에서 무엇을 했을 때 일어난 마음의 움직임을, 그 움직임이 생겨난 일과 함께 쓰는 글입니다.

할아버지 김수정 경북 울진 온정초 3학년

학교 갈 때 현정이가
할아버지한테 돈 달라고 졸랐다.
할아버지는
돈주머니를 살펴보시고
툭툭 털으셨다.
돈 십 원밖에는
아무것도 떨어지지 않았다.
할아버지께서는
언제 죽노

죽어라 죽어 하셨다.
엄마, 할배한테 돈 좀 주소.
눈물이 나왔다.
할배한테 조르는
현정이와 오빠가
죽도록 미웠다. (1985. 9.)

학교 갈 때 동생 현정이가 할아버지한테 돈을 달라고 했습니다. 어머니한테 달라고 하면 안 주시고, 할아버지는 잘 주시니까 그랬겠지요. 그러나 할아버지는 돈이 없습니다. 주고 싶어도 못 줍니다. 할아버지가 쓰는 돈은 어머니한테서 나옵니다. 할아버지는 주머니를 털어 보이셨지만 10원밖에 나오지 않았습니다. 손자한테 돈을 주고 싶지만 주지 못합니다. 돈 없는 할아버지는 아이들한테도 버림받지요.

주머니를 털면서 "언제 죽노/ 죽어라 죽어" 하시는 할아버지의 말씀은 버림받은 노인의 아픈 목소리입니다. 이러한 사정을 짐작한 이 어린이는 눈물을 흘리며 "엄마, 할배한테 돈 좀 주소" 합니다. 그리고 할아버지한테 돈을 달라고 조르는 현정이와 오빠를 밉게 생각합니다.

이 시는 어느 날 아침에 일어난 일을 쓰면서, 돈이 없어 버림받는 할아버지의 마음을 잘 나타낸 훌륭한 시입니다.

그런데 다음 작품은 시가 될 수 있을까요?

대문 남학생 초 6학년

기와집의 커다란
나무로 된 대문
"삐거덕"
옛날 소리만 내지요.

양옥집의 새까만
쇠로 된 대문
"쨍그랑쨍그랑"
공장 소리만 내지요.

이것은 실제로 어느 날 어느 집 대문을 보았을 때의 느낌을 쓴 것이 아닙니다. 방 안에서 머리로 만들어 낸 것입니다. 이런 것은 시가 아닙니다. 감동이 없이, 그 감동이 우러난 사실이 없이 시를 쓸 수는 없습니다.
다음은 5학년 여자아이가 쓴 '지각'이란 작품입니다.

지각 여학생 초 5학년

복도엔
고요히
아무도 없는데

나만 홀로
뚜벅뚜벅
걸어가네.

교실에 들어가니
까르르 웃음소리.

선생님 얼굴은
성난 호랑이 얼굴.

내 얼굴은
내 얼굴은
홍시처럼
새빨갛지요.

이것은 자기가 겪은 것처럼 썼지만 실제로 겪은 것이 아
니고 남의 글을 따라 흉내 낸 것입니다. 이런 글은 아무 가

치도 없습니다. 여기 쓴 말들은 그 어느 한 가지도 자기가 바로 겪은 사실을 말해 주는 살아 있는 말이 아니고, 누구나 흉내 낼 때 쓰는 말로 되어 있습니다.

남 따라 그럴싸한 말을 생각해 내어 써서는 결코 시가 되지 못합니다.

진정을 토해 낸 말

시란 무엇일까 2

시는 머리로 쓰는 것이 아니고, 흉내로 되는 것이 아니라고 말했습니다. 정말 시는 재주를 가지고 쓸 수 있는 것이 결코 아닙니다. 다만 순진한 마음으로, 가슴으로, 진정으로만 쓸 수 있습니다. 이러한 진정으로 쓴 시는 읽는 사람의 마음을 따뜻하게 해 줍니다. 읽는 사람의 마음을 깨끗하게 해 줍니다. 또는 새로운 세계를 볼 수 있는 눈을 뜨게 합니다. 그래서 사람의 마음을 어떤 높은 자리로 끌어올려 주지요. 시를 읽었을 때 이런 느낌이 들지 않으면 그것은 좋은 시라고 할 수 없습니다.

다음은 '새싹'이란 제목으로 6학년 여자아이가 쓴 작품입니다. 이 시는 어떤가요?

새싹 여학생 초 6학년

파릇파릇
돋아나는 새싹은
우리 언니 얼굴에 돋아나는 여드름 같아요.

파릇파릇
돋아나는 새싹은
하루 신고 구멍 나서
삐죽이 양말 밖으로 나온
우리 아기 발가락 같아요.

이것은 실제로 새싹을 들여다보고 느낀 자연스런 마음을 쓴 글이 아닙니다. 머리로 괴상한 말을 만들어 맞춘 것이지요. 읽는 사람에게 주는 감동, 곧 마음을 맑게 해 주거나 따스하게 해 주는 것이 조금도 없고, 새로운 깨달음을 주는 것도 없습니다. 있다면 웃음거리뿐입니다. 이런 것은 시가 될 수 없습니다.

한 편을 더 보겠습니다.

상상의 나라 여학생 초 6학년

눈을 감고 가만히
앉아 있으면
상상 속의 나라로
떠난답니다.

무지개다리 건너
비누 풍선 타고서
꿈나라로 떠난답니다.
꽃들이 노래하고
나비가 춤을 추는
우리들의 꿈 동산에
놀러 갑니다.

가만히 눈 감고
앉아 있으면
나비와 손을 잡고
끝없이 넓고 넓은
잔디에서 꿈을
안고서 떠난답니다.

이것은 가만히 앉아서 상상한 것이라 했습니다. 여기 쓴 말들을 보면 무지개다리, 비누 풍선, 꿈나라, 꽃들이 노래하고, 나비가 춤을 추는, 나비와 손을 잡고, 잔디에서 꿈을 안고서…… 따위 너무 손쉽고 게으르게 쓴 흔해 빠진 말들뿐입니다. 남들이 흔히 쓰는 말로 된 시는 읽는 이에게 아무것도 주지 못합니다. 또 이런 걸 썼구나, 하는 느낌밖에 주지 못하지요. 6학년으로서는 너무 어린 상상, 게으른 공상을 쓴 이런 작품은 흔히 신문이나 잡지에 발표되는 남의 글을 모방하는 데서 나옵니다.

뱀 김인향 경북 문경 김룡초 5학년

학교 오는 길에
뱀을 보았다.
뱀은 죽어 있었다.
입은 돌멩이에 찢겼다.
누가 이랬는가?
나는 아이들이 밟을까 봐
막대기에 걸쳐서 내버리고 왔다. (1972. 9. 2.)

이 시를 읽으면 이런 아이도 있구나, 하고 기뻐집니다. 이 시를 쓴 아이는 자기가 착한 일을 한 것을 내보이기 위해 이

런 시를 쓴 것이 결코 아닙니다. 다만 자기가 한 것―그것이
착한 일이라고 한 것이 아니고 오직 하고 싶어서 한 것, 하
지 않을 수 없어서 한 것을 쓰고 싶어서 썼을 뿐입니다.

그런데 시에는 반드시 이렇게 착하고 아름다운 사람의 행
동이 바로 나타나야 하는 것은 아닙니다.

필통 김순규 경북 안동 길산초 4학년

연필이 일을 하다가
따뜻한 엄마 품에
가만히 누워 있다. (1976. 11.)

이 시는 뭔가 따뜻한 느낌을 우리에게 줍니다. 아주 조그
마한 것, 날마다 보고 만지는 하잘것없는 것에서 느낀 조그
만 느낌이라도 그것이 진정 마음으로 느낀 것이라면 이렇게
시가 될 수 있습니다.

그런데 이 시는 1976년에 써서 《일하는 아이들》이란 책에
실렸던 것입니다. 그 뒤로 이와 비슷한 작품이 많이 나온 것
같으니 흉내를 내지 않도록 하세요.

아주머니 전명일 강원 정선 사북초 5학년

새로 이사 온 아줌마는
참 멋쟁이다.
그런데 하루는 아주머니가
광산촌은 옷이 잘 껌어
하며 옷을 털었다.
왠지 정이 뚝 떨어졌다. (1981.)

　새로 이사 온 아주머니의 태도를 보고 정이 뚝 떨어졌다
고 했습니다. 남을 싫어하거나 미워하는 감정은 좀처럼 시
가 되기 어렵습니다. 그런데 이 시에는 흔히 다른 곳의 사람
들이 멸시하는 눈으로 보는 광산촌 사람들과 광산촌 마을에
대한 깊은 이해와 애정이 느껴집니다. 그래서 좋은 시가 되
었습니다.

　표 이상욱 서울 문창초 6학년

교실 뒤에 늘어 붙은
갖가지 표들은
우리들의 몸을 대신합니다.
□칸에 갇혀 있는 ○, △, X가
우리들의 몸을 대신합니다.

우리들의 생활과
모든 일들은
갖가지 표들이 확인시키고
우리들은 모두
口칸에 갇혀서
○표를 받기를 소원합니다.

교실 뒤에 늘어 붙은
갖가지 표들을
나는 미워합니다.
그 표 안에 갇혀
빠져나오지 못하는 우리가
원망스럽습니다. (1980.)

이 시는, 교실 뒤에 학생들의 여러 가지 행동과 교과 성적
을 몇 가지 등급의 표로 적어 넣게 되어 있는 것을 날마다
보면서 자기의 생각을 쓴 것입니다. 마지막에서 "그 표 안
에 갇혀/ 빠져나오지 못하는 우리가/ 원망스럽습니다"고 했
습니다. 서로 경쟁이 되어 점수를 많이 따려고 하는 아이들,
그래서 남을 이기려고 하고 남을 미워하게 되는 아이들의
사회를, 이 시를 쓴 아이는 바로 보고 있습니다. 세상을 새

롭게 보는, 더욱 높고 큰 자리에서 보는 눈을 뜨게 하는 시입니다.

아기 김은정 경북 울진 온정초 3학년

아기가 남자가 아니라고 집안 식구들은
매일 욕을 한다.
그때마다 어머니께서 수건을 들고
우는 모습을 본다.
"어머니, 왜 우셔요?"
하고 물으면
"아무것도 아니다. 걱정하지 말아라."
할머니께서는 아기 얼굴마저도
돌아보시지 않는다.
여자 놓든 남자 놓든
엄마 마음대로 놔,
나는 속으로 이렇게 중얼거린다.
차라리 태어나지나 말지.
설움만 받고 크는 아기,
어째서라도 나는
아기를 키우고 말겠다. (1985. 4.)

아직도 우리 나라에는 여자아이를 천대하는 풍습이 있고, 더구나 시골에 그런 가정이 많습니다. 이 시를 쓴 아이의 집에서는 아기가 남자가 아니라고 온 식구가 날마다 욕을 하고, 할머니는 아기 얼굴마저도 보지 않으려고 하신다 했습니다. 그래서 어머니는 날마다 눈물을 흘리신다니 어처구니가 없고, 가슴이 답답한 일입니다. 그런데 이런 집에서 다른 식구들의 생각에 따르지 않고 자기의 깨끗한 마음을 지키고 살아가는 이 아이의 태도는 너무나 훌륭합니다.

　"여자 놓든 남자 놓든/ 엄마 마음대로 놔"이렇게 중얼거리고는 "차라리 태어나지나 말지"하고 한탄하다가도 결연한 말로 "설움만 받고 크는 아기,/ 어째서라도 나는/ 아기를 키우고 말겠다"이처럼 맺고 있는 이 아이의 용기에 감탄하지 않을 수 없습니다. 이렇게 착하고 아름답고 씩씩한 마음을 가진 어린이를 온 세상에 자랑하고 싶습니다. 이 세상에는 이런 아이가 있기 때문에 우리는 희망을 가질 수 있는 것이지요. 마음속 진정을 온통 그대로 쏟아 놓은 듯한 이 시는 모든 사람을 감동시킬 것이라 믿습니다.

자유와 희망을 주는 세계

시란 무엇일까 3

시란 무엇인가? 옛날부터 시를 두고 많은 사람들이 여러 가지로 설명했습니다. 그러나 그와 같이 시가 무엇이라고 요약해서 풀이하는 말들을 아무리 읽고 들어도 실제로 시를 아는 데는 별로 도움이 되지 않습니다.

그것은 마치 사람이란 것을 설명해서 "사람은 머리 하나에 팔이 둘이요, 두 다리로 서서……"라든지, "사람은 웃을 줄을 알고 눈물을 흘리는 동물"이라든지, "사람은 거짓말을 하는……"이라든지 하여 아무리 말해 봐야 사람을 잘 알게 된다고 할 수 없는 것과 마찬가지입니다. 사람을 알려면 그 사람을 바로 보고, 사람들과 같이 살아가는 수밖에 없습니다. 그와 같이 시도 바로 읽어 보고 아, 이런 것이 시로구나,

하고 느끼는 수밖에 없지요. 그러다가 시가 좋아져서 스스로 써 본다면 더욱 잘 알게 될 것입니다. 결국 시를 처음부터 머리로, 이치로 알려고 하지 말고 바로 그 시로, 작품으로 느껴 알도록 해야 한다는 말입니다.

그래서 여기 시를 좀 들어 보겠습니다.

마늘 공순현 경북 안동 묵계초 5학년

마늘 집 식구는 가난한데 왜 이리 식구가 많을까? 참 이상한 생각이 드는군요. 어머니 아버지께서 마늘을 하나 쪼개 가지고 밭에다 심으면 꼭 식구가 많아요. 해마다 해마다 마늘의 식구가 다섯 식구도 있고, 여섯 식구도 일곱 식구도 있고, 아홉 식구도 있고, 열 식구도 있죠. 나는 마늘 한 송이가 있으면 욕심쟁이라고 하고, 여러 식구와 같이 살면 착하고 귀엽다고 생각합니다. 비가 오면 빗물도 혼자 먹지 않고 같이 먹지요. (1983. 6.)

어머니 아버지가 밭에 심는 마늘, 이른 봄 맨 먼저 새파란 싹이 돋아나는 마늘, 그 마늘은 해마다 땅에서 식구가 불어납니다. 마늘 한 쪽을 심었는데 그것이 다섯 식구도 되고, 여섯 식구도 되고, 일곱 식구, 여덟 식구…… 이렇게 늘어납니다. 그러나 그 가운데는 하나뿐인 통마늘도 나오지요. 이 어린이는 이렇게 하나만 있는 마늘을 욕심쟁이라 합니다. 여러 식구가 오손도손 같이 살면서 비가 오면 빗물도 같이 나눠 먹는 마늘 집 식구들을 착하고 귀엽다고 생각합니다. 조그만 자연에 대한 이 사랑, 이 아름다운 생각은 그대로 우리 사람에 대한 사랑이요, 사람에 대한 참되고 아름다운 생각입니다.

이 사랑의 마음이 시가 되었습니다. 이런 사랑의 마음과 아름다움에 대한 느낌은 교과서에서 읽을 수 없었던 것이고, 선생님이 가르쳐 준 것도 아닙니다. 이 어린이가 본래 가지고 있었던 것이지요. 농사를 짓는 아버지 어머니와 함께 자연 속에서 일하면서 살아가는 동안 저절로 몸으로 익히게 된 사람다운 마음이라고 하는 것이 가장 알맞겠습니다. 이래서 "어린이는 시인이다"고 합니다. 만약 어른들이 아이들을 자연으로부터 멀리 떨어지게 하여 쓸쓸한 콘크리트 집 안에 가둬 놓고는, 온갖 잡동사니 지식을 공부라고 하여 머리에 쑤셔 넣고, 점수 따기 경쟁을 채찍질로 시켜서 아이들의 몸과 마음을 모조리 병들게 하지만 않는다면, 어린이 여러분은 모두 시인입니다. 자연의 아름다움과 삶의 이치를 저절로 느껴 아는 놀라운 시인이라고 나는 확신합니다.

이 아이는 어느 가을날, 마늘을 심으려고 하는 아버지 어머니를 도와 마늘을 쪼개면서 이런 생각을 했는지도 모르고, 또는 초여름 밭에서 마늘을 캐면서 이런 생각이 났는지도 모릅니다. 어쨌든 일을 하다가 이런 느낌을 가진 것만은 확실합니다. 일을 한다는 것, 몸을 움직여 활동을 한다는 것은 이렇게 중요합니다. 가만히 방 안에 앉아서 머리로 생각만 해서는 결코 남의 마음을 움직이는 시가 생겨날 수 없고, 살아 있는 말을 토해 낼 수도 없습니다.

이 시를 읽으면 이 아이의 따스한 마음이 우리 가슴에 전해지고, 우리 마음이 어느덧 훈훈해집니다. 참으로 좋은 시입니다.

이 시를 내게 보여 준 담임선생님은 이런 말을 했습니다.

"저는 이 글이 마음에 들고, 참 좋아 보이는데, 이것을 시라 할 수 있을까요? 쓴 형식이 시가 되어 있지 않은데요."

나는 이 시를 발견한 담임선생님을 참 훌륭하게 생각합니다. 교과서에서는 시를 가르칠 때 줄을 짧게 끊고, 또 몇 개의 연으로 나누어 쓰게 하거든요. 그래서 머리로 생각을 짜고 맞추어서, 정해 놓은 틀에 넣어 쓰게 합니다. 그런 교실에서 이런 엉뚱한 작품이 나왔으니 좀 어리둥절할 수밖에 없습니다. 그러나 교과서에서 배운 시는 형식만을 흉내 내어 보이도록 하는 것이지, 진짜 시가 아닙니다. 잘못된 교과서를 가르치면서도 어쩌다가 나온 이런 글을 휴지통에 던져

버리지 않고 소중히 가지고 있었던 선생님이야말로 시인이
라고 생각합니다.

교감 선생님 정성재 경기 부천 대장초 6학년

교감 선생님은 마음이 참 착하시다.
다른 선생님은 청소를 안 하는데 교감 선생님만은
청소를 하는 걸 봤다.
돌멩이 올리는 것을 보았다.

이 아이는 교감 선생님이 아이들과 같이 청소를 하시는
것을 보고 놀라운 생각이 들어 이 시를 썼습니다. 보통의 선
생님들은 아이들에게 청소를 시켜 놓고 보고 있거나 보지
도 않는데, 이렇게 아이들과 같이 일하다니 참 착하시구나
생각했습니다. 그래서 마음속으로 기뻤을 것입니다. 이러한
기쁨은 이 시를 읽는 사람의 마음에도 전해집니다. 시는 이
래서 우리에게 즐거움을 주고 희망을 줍니다.

반장 전성덕 경기 부천 대장초 6학년

나는 반장이다.

그래서 학교에서 아이들은 내 이름을 부르지 않고
나를 부를 때는 반장이라고 부른다.
나는 내 이름을 부르는 것이 친근감을 줄 텐데
뻑뻑하게 반장이라고 부르는 것이 싫다.

　반장이 되려고 서로 다투고, 반장이라고 불러 주면 어깨
가 으쓱해지고, 이것이 대부분 아이들의 태도입니다. 그런
데 무엇 때문에 그렇게 반장이 되고 싶어 할까요? 아무래도
그것은 어린이가 본래 가지고 있던 깨끗한 마음은 아닙니
다. 어른들이 높은 자리 낮은 자리를 정해 놓고, 높은 자리
에 서로 다투어 앉으려고 하면서, 아이들이 살고 있는 자리
까지도 그렇게 만들어 가르치고 있기 때문이 아닐까요? 틀
림없이 그렇습니다. 그런데 이 시를 쓴 아이는 어쩌다가 반
장이 되기는 했지만, 그런 어른들이 만든 사회가 싫습니다.
자기 이름을 다정하게 불러 주지 않고 "뻑뻑하게 반장이라
고 부르는 것이 싫다"고 한 것은, 어른들에 물이 들지 않은
때문입니다.
　시는 이렇게 모든 사람이 상식으로 여겨서 하고 있는 일
에 대해 그대로 따르지 않고, 자기가 옳다고 생각하는 대로
자유롭게 살고 싶어 하는 마음을 솔직하게 써서 참된 사람
의 마음이 어떤 것인가를 보여 줍니다.

자, 그러면 시에 대한 생각을 정리해 보겠습니다. 시는 이러이러한 것이라고 설명하는 것이 별로 도움이 안 된다고 말했지만, 지금까지 시를 몇 편 보아 왔으니 이 시들에서 얻은 생각을 말할 수는 있을 것 같습니다.

시는 무엇인가?

이 물음에 대해서 시를 읽는 사람으로서 보면 첫째, 시는 우리의 마음을 따뜻하게 해 주는 것이다. 둘째, 시는 우리를 기쁘게 해 주는 것이다. 셋째, 시는 새로운 세계를 열어 보여 주는 것이다. 넷째, 시는 자유롭게 살아가는 마음을 갖게 해 주는 것이다. 다섯째, 시는 우리의 마음을 깨끗하게 해 주거나, 높은 곳으로 끌어올려 주는 것이다. 여섯째, 시는 참된 것을 찾아내는 것이다. 일곱째, 시는 희망을 주는 것이다. 이렇게 말할 수 있습니다.

이 밖에도 더 말할 수 있지만, 이 여섯 가지만 해도 따지고 보면 어느 것이나 서로 통하는 말이 될 듯도 하니, 대강 이쯤으로 느껴서 알면 되겠습니다.

시는 또 쓰는 사람 쪽에서 보면 첫째, 새로운 것을 찾아 낸 것. 둘째, 아, 아름답구나, 참 그렇지, 하고 느낀 것. 셋째, 참다가 참다가 그래도 참을 수 없는 말을 토해 낸 것—이런 것이라고 할 수도 있습니다.

틀에 매이지 않고
토해 내듯이 쓰기

대체로 말해서 시는 산문(줄글, 이야기글)보다 그 글의 길이가 짧습니다. 더러 긴 시도 있고, 어른들이 쓰는 시가 되면 이야기시(서사시)라고 해서 책 한 권이 될 정도로 긴 시가 있기는 합니다만 그런 시는 특별한 것이고, 일반으로 시는 산문보다 짧은 것이 그 겉모양의 특징이라 할 수 있습니다.

시가 짧은 것은 어느 한때에 일어난 마음의 움직임을 길게 설명하지 않고 바로 토해 내듯이 쓰는 글이기 때문입니다.

제비 남경삼 경북 김천 모암초 6학년

새까만 제비의 날개

106

푸른 하늘을 마음껏 나는

제비의 날개

아, 높이도 떴구나! (1966. 5.)

이것은 하늘의 제비를 쳐다보고 '아, 제비는 저렇게 조그만 날개를 가지고 온 하늘을 마음대로 날아다니는구나!' 하고 느낀 것을 쓴 시입니다. 만일 이 아이가 이때의 심정을 산문으로 설명했다면 아주 길게 썼을 것입니다. 언제, 어디서, 무엇을 하다가 문득 하늘을 쳐다보니 제비가 날아가더라는 것, 그 제비를 보니 어떤 느낌이 들었다는 것, 제비와 자기를 견주어 본 생각 같은 것…… 이런 것을 아마도 원고지로 여러 장을 써야 이 시에 나타난 느낌을 대강 설명할 수 있을 것입니다.

시는 이렇게 꼭 하고 싶은 말만을 토해 내듯(속삭이듯, 또는 부르짖듯) 쓰는 글입니다.

시는 또 흔히 이렇게 짧게 줄을 끊어서 쓰는 것이 산문과 다릅니다. 이 시를, 줄을 바꾸지 않고 산문같이 이어서 쓰면 다음과 같이 됩니다.

새까만 제비의 날개. 푸른 하늘을 마음껏 나는 제비의 날개. 아, 높이도 떴구나!

이렇게 써도 글쓴이의 마음이 읽는 이에게 어느 정도 전해지지 않는 것은 아닙니다만, 하늘의 제비를 쳐다보았을 때 터져 나온 그 소리가 살아 있는 그대로 느껴지지 않고, 그만 좀 맥이 빠진 너절한 말로 읽혀 버립니다.

그러나 시는 반드시 이렇게 짧게 끊어서 써야만 하는 것이 아닙니다.

산 김한영 경북 안동 임동동부초 대곡분교 2학년

산은 언제나 마음을 하나 하나 한 마음을 가지고 가만히 앉아 있다. (1970. 11. 7.)

단 한 줄의 시입니다. 언제나 가만히 앉아 있는 산들을 "하나하나 한 마음을 가지고" 있다고 생각하면서 바라보는 이 아이도 그 산같이 가만히 앉아 있습니다. 만약 이 시를 짧게 끊어서 몇 줄로 나눠 쓴다면 어찌 될까요?

산은
언제나
마음을 하나 하나
한 마음을 가지고

가만히 앉아 있다.

　이렇게 써 놓으면, "마음을 하나하나 한 마음을 가지고 가만히" 있는 산의 모습이, 그것을 바라보는 이 아이의 모습과 함께 떠오르지 않고 이상하게도 간곳없이 사라져 버립니다. 그래서 다만 하나의 가벼운 생각을 쓴 글로만 읽힙니다.

　그러니 시는 글줄을 마음대로 짧게 끊어서 (자유시로) 쓸 수도 있고, 길게 이어서 이야기글같이 (산문시로) 쓸 수도 있습니다. 그 어느 쪽으로 쓰는가 하는 것은 시로서 나타내려고 하는 느낌과 생각에 맞게, 곧 시를 쓰는 사람의 마음에 맞게 쓰는 수밖에 없습니다.

　여기서 말해 두고 싶은 것은, 시를 쓸 때 글자 수를 맞춘다든지, 글줄을 맞추어 쓰는 것(이런 시를 정형시라고 하지요)은 좋지 않습니다. 4·4조니 7·5조니 하는 동요나, 어른들이 쓰는 시조 같은 것을 쓰는 공부는 권하고 싶지 않습니다. 그와 같은 글자 수 맞추기 노릇을 애써 하다 보면 자기의 참마음을 쓸 수 없게 되고, 어느덧 어떤 틀에 박힌 느낌이나 생각 속에 갇혀서 틀에 박힌 글을 쓰는 버릇으로 굳어져 버립니다. 아무리 글재주가 있는 아이라도, 아니 글재주가 뛰어난 사람일수록 조그만 틀 속에 갇혀 나오지 못합니다. 여러분은 부디 그런 틀 속에 갇히지 마세요. 어린이시는 하늘을 마

음껏 날아다니는 제비같이, 들판에 피어난 꽃같이, 그 마음
이 자유롭고 그 모양이 싱싱해야 하니까요.

그 무엇인가를 향해서 정태준 서울 고척초 6학년

올해도 어김없이 한 해가 저문다.
낙엽은 떨어져 앙상한
가지만 남았다.
거리는 고요와 침묵에 휩싸여
완연한 겨울 맛을 풍긴다.
나무는 앙상한 가지를
드러낸 채 무엇인가를 외치고 있다.
앞으로를 위하여 끝없이 끝없이
마치 인생의 허무함을
말해 주듯이……
나도 노력하겠다.
인생의 허무함을 피하기 위해서인지,
인생의 보람을 느끼기 위해서인지는
몰라도,
언제나 가리움 없이 그 무엇인가를
향해서 끝없이 끝없이

전진하리라.

인류의 모든 위대한 사람들이

그랬던 것처럼. (1982.)

저물어 가는 한 해를 보내면서, 이제는 졸업을 눈앞에 둔 한 아이의 심정이 노래를 하듯 술술 써 내려간 이 시에 잘 나타나 있습니다. 소년다운 마음이 자연스럽게 나타난 시라 하겠습니다. "인생의 허무"라든가 "인류의 모든 위대한 사람들……"이라는 말도 남의 글 흉내로 쓴 말이 아니라고 느껴집니다.

이 시에 나타난 마음을 정형시―글자 수를 정해서 쓰는 시로 나타낼 수 있을까요? 그렇게 할 수는 없습니다.

시를 몇 개의 연으로 나누어 쓰는 것도 반드시 그렇게 해야 하는 것이 아닙니다. 이 시는 연으로 나눌 수도 없습니다. 요즘 어린이들이, 시는 반드시 연으로 나누어 써야 한다고 알고 있는 것 같은데 그것은 큰 잘못입니다. 그런 잘못은, 시를 쓸 때 적당히 글줄을 짧게 끊어 쓰고, 연의 구분만 지어 놓으면 시가 된다는 잘못된 생각과 태도를 널리 퍼뜨리고 있습니다. 보기를 들면 다음의 글은 산문을 시같이 보이도록 줄을 바꾸고 연을 나누어 쓴 데 지나지 않습니다. 이 글은 산문도 제대로 된 것이 아님은 말할 것도 없습니다.

학교 소집일 <small>여학생 초 6학년</small>

아침 일찍
다듬어
학교에 간다.

오랜만에 만난
다정한 친구와
선생님

짧은 시간
만난 것도
기뻐하며

다음번에 만날
개학 날을
기다린다.

정직하게 쓴다는 것

여기 자연을 글감으로 한 시가 있습니다. 이 시는 벌써 10년
쯤 전에 어느 방송국으로 보내온 작품들 중에서 가려 뽑았
던 것인데, 도시에 있는 초등학교 6학년 남자아이가 쓴 '아
침'이란 시입니다.

아침 남학생 초 6학년

해 돋는 이른 아침
창문 활짝 열어젖히면
솔 향내 묻은 바람
뜰 안 하나 가득 차 넘쳐요.

감밤내 숲속에서
단꿈 꾸던 참새
한 마리 두 마리 날아 내려와
해말간 구슬처럼 고운
목청 가다듬어 노래 불러요.

나뭇잎에 매달린 이슬방울
햇살 받아 더 예쁜 얼굴로
환히 웃어 주네요.
 • 감밤내: 간밤 내.

신선한 아침 풍경을 나타낸 시입니다. 모두 세 연으로 짜여 있는데, 첫째 연에서는 솔 향내 풍기는 바람을, 둘째 연에서는 구슬 같은 목청을 울리는 참새를, 셋째 연에서는 예쁜 얼굴로 웃는 이슬방울을 그려서 상쾌한 아침을 느끼게 하고 있습니다. 시를 이렇게 몇 개의 연으로 나누고, 생각을 짜서 쓴 것을 보면, 많이 써 본 어린이 같습니다. 어린이 시는 형식에 매이지 않고, 순간에 느낀 것을 토해 내듯이 자연스럽게 쓰는 것이지만, 5, 6학년쯤 되면 이와 같이 느낌을 보람 있게 나타내기 위해 쓰는 차례를 생각하고, 말을 다듬는 공부도 할 수 있습니다.

무엇보다도 아침에 일어나 창문을 열고 바깥을 바라보면서 바람과 새소리와 이슬방울, 곧 자연을 아름답게 느끼는 마음은 분명히 귀하다고 하겠습니다. 아이들이 괴로운 삶에 매이지 않고 이렇게 자연을 보고 듣고 즐길 수 있으면 얼마나 좋겠는가 생각합니다. 대부분의 아이들은 이럴 수가 없는 생활을 하기 때문입니다. 더구나 요즘은 그렇지요.

그런데 나는 이 시에서 적지 않은 불만이 있습니다. 가장 큰 불만은, 글쓴이의 '어린이다운 살아 있는 감정'이 없다는 것입니다. 6학년이니까 '소년다운 마음'이라고 해도 좋겠지요. 다시 말하면 글쓴이만이 가진 마음의 세계나 삶의 세계가 없다는 것입니다. 만일 이 시 앞에 학년과 이름을 안 썼다면 어른이 썼는지 아이가 썼는지 모를 것입니다. 농촌 아이가 썼는지 도시 아이가 썼는지도 모릅니다. 다른 나라 말로 옮겨 놓으면 어느 나라 사람이 썼는지도 모르겠지요. 이래서는 좋은 시라 할 수 없습니다. 왜 이렇게 되었는가 하면 삶이 없기 때문입니다. 삶이 없다는 것은 몸으로 겪은 것을 쓴 것이 아니라 머리로 만들었다는 것입니다.

이렇게 생각하고서 다시 이 작품을 보면 여기 나오는 말들이 모두 글쓴이의 몸에서 나온 것이 아니라 머리에서 지어 만들어 낸 '개념'의 말이란 것을 깨달을 수 있습니다.

"해 돋는 이른 아침" "활짝 열어젖히면" "솔 향내 묻은 바람”“뜰 안 하나 가득 차 넘쳐요”“단꿈 꾸던 참새”“해말간 구슬처럼 고운”“목청 가다듬어”“나뭇잎에 매달린 이슬방울”“더 예쁜 얼굴로”“환히 웃어 주네요”

이와 같이 어느 한 구절도 그때 그 자리에서만 잡은 것이 없고 모두 일반스러운 느낌을 나타내는 말로 썼습니다. 이렇게 머리로 고운 말을 적당히 만들어 쓰는 것은 어른의 짓입니다. 그래서 이 작품은 어른스런 재주를 많이 익힌 아이가 쓴 것이 아니면, 어느 어른이 지나치게 손을 댄 것이라 봅니다.

다시 한 걸음 더 나아가 살펴봅시다.

첫 연에서 “솔 향내 묻은 바람”이라고 했는데, 바람을 이렇게 표현한 것은 이 아이의 실제 느낌이 아니고 아무래도 어른들의 글 흉내라고 생각됩니다.

둘째 연에서는 참새들이 숲에서 잔다고 보고, 그 참새들이 한 마리 두 마리 내려오다니, 그럼 어디에 내려왔는가? 그리고 “해말간 구슬처럼 고운”이란 말은 참새 소리에 맞지 않는 표현입니다. 만약 맞는다고 하면 어떤 새소리에도 맞을 것입니다. 그러니까 ‘개념으로 된 표현’이라 할 수밖에 없지요.

또 참새가 날아 내려왔다고 하면 땅바닥에 무엇을 주워 먹기 위해 내려왔다고 볼 수밖에 없는데, 참새가 사람이 사

는 집 안 마당에 내려와 무엇을 주워 먹을 때는 한 번 쪼아
먹고 요리조리 살피고 또 쪼아 먹고 둘레를 살피고 하면서
경계하다가 날아갑니다. 결코 마당에 내려와 한가롭게 "해
맑간 구슬처럼 고운/ 목청 가다듬어" 노래를 부르지는 않습
니다.

셋째 연에서는 "나뭇잎에 매달린 이슬방울"을 본 것같이
썼는데, 이것도 머리로 만든 말입니다. 지금 방 안에서 창문
을 열고 멀리 바라보고 있는데, 어떻게 이슬방울이 예쁜 얼
굴로 웃고 있는 것을 볼 수 있을까요?

그런데 이런 시를 다음과 같이 변명할 사람이 있을지 모
릅니다.

"시는 실제로 보고 들은 것만을 쓰는 것이 아니고 마음으
로 느끼고 생각하거나 상상한 것도 쓸 수 있지 않는가?"

그러나 이 시는 실제로 겪은 것을 쓴 것으로 되어 있습니
다. 그러니 거짓스럽게 느껴집니다. 자기의 마음과 삶을 정
직하게 쓰려고 하지 않고 '이런 것을 써야 근사한 시가 되겠
지' 하고 썼으니 말입니다. 실제로 겪지 않은 일을 상상으로
쓸 때는 바로 그것이 상상임을 읽는 이들이 알도록 써야 합
니다. 그렇게 하지 않으니까 거짓말이 되지요. 이것이 어른
의 시와 어린이시가 다른 점입니다.

다음 시를 읽어 보세요.

까만 새 정부교 경북 안동 임동동부초 대곡분교 3학년

까만 새가

낮에는

돌다물에 들어가 있다가

밤이 되면

아무도 모르게

남의 집 양식을

후배 먹고

배가 둥둥 하면

저 먼 산에 올라가

하늘을 구경한다.

그러다가

하늘로 올라가서

달과 별과 춤을 춘다. (1968. 12. 11.)

• 돌다물: 돌담불. 산이나 들에 모여 쌓인 돌무더기.

• 후배 먹고: 훔쳐 먹고.

이 시는 어떤 사실을 보고 쓴 것이 아니고 마음속의 생각을 썼습니다. 생각을 썼다는 것은 누구나 읽어 보면 다 압니다.

깊은 산속에서 어렵게 살아가는 한 어린이가 자유로운 마음과 아름다운 상상의 세계를 펼쳐 놓은 훌륭한 시이니 잘 새겨 맛보도록 하세요.

이렇게 생각을 쓰는 것이 아니고 눈으로 보고 귀로 듣고 느낀 것을 쓸 때는, 그것을 보고 듣고 느낀 대로 더도 말고 덜도 말고 또렷하게 붙잡아서 써야 합니다.

물론 마음속의 생각이나 상상을 쓸 때도 제멋대로 아무렇게나 써서는 안 되지요. 절실하게 느끼고 생각한 것을 그대로 정직하게 써야 합니다. 정직하고 진실하게, 이것이 시뿐 아니라 모든 글쓰기의 기본 태도가 되어야 합니다.

줄글로 쓰는 산문시

시를 쓰는 마음은 새로운 것을 발견하는 마음입니다. 아이
구 어려워라, 새로운 것을 발견하다니 할는지 모릅니다. 염
려 마세요. 그것은 어렵지 않습니다. 여러분은 다만 자기의
느낌, 자기의 생각, 자기의 행동에 자신을 가지고 그것을 솔
직하게 드러내어 보이면 됩니다. 결코 남의 것을 부러워하
여 따르고 흉내 내지는 마세요. 흉내란 자기를 보잘것없다
고 생각하고 부끄럽게 여기는 데서 내는 것입니다. 조그만
것이라도 제 것을 아끼고 귀하게 여기는 마음이 새로운 것
을 발견하게 합니다.

　남들이 파란 옷을 입으면 저도 따라 파란 옷을 입고 싶어
하고, 남들이 빨간 양말을 신으면 저도 빨간 양말을 신고 싶
어 하는 사람이 많습니다. 이런 사람은 제정신을 가지고 있

지 않습니다. 시를 쓸 때도 남들이 흔히 쓰는 느낌이나 생각, 남들이 흔히 하는 말을 쓰고 싶어 하는 사람은 결코 참된 시를 못 씁니다. 남들이 모두 파란 옷을 입으면 그 파란 옷이 싫어서 다른 색깔의 옷을 입고 싶어 하는 사람이야말로 개성이 있는 사람이요, 제정신을 가지고 세상을 살아가는 사람이라 할 수 있습니다. 이런 사람이라야 글을 써도 살아 있는 글을 씁니다. 개성이 풍부한 사람(자기의 세계를 가지고 있어 느낌과 생각이 남다른 사람)은 자기의 삶과 자기의 마음을 쓰고, 남들이 흔하게 쓰는 말은 될 수 있는 대로 피해서 안 쓰려고 합니다.

결국 유행을 따르지 말아야 한다는 얘기가 됩니다. 유행을 좋아하는 사람은 아예 시를 쓸 생각을 말아야 합니다.

아이들이 쓰는 시에도 유행이 있습니다. 흔히 신문이나 잡지에 많이 나오는 작품, '동시 같은 작품'은 유행이 된 지 오래이니 쓰지 마세요. 도리어 '이건 뭐 이런 걸 썼을까? 동시 같지도 않은데?' 이렇게 느껴지는 시를 써야 진짜 시가 될 수 있습니다.

앞에서도 말했지만 '○○은 바아보' '○○은 요술쟁이' '○○인가 봐' 하는 따위 말도 유행한 지 오래된 케케묵은 말들입니다.

또 시의 형식만을 흉내 내어 쓰는 사람이 너무 많습니다.

그래서 시 같은 모양만 내는 짓을 아주 버릴 수 있도록 하기 위해 나는 여러분에게 산문시를 많이 쓰라고 권합니다. 산문시란 그 내용은 시인데 쓰는 형식은 줄글로 쓰는 시를 말합니다. 정말 진짜 시를 붙잡아야 쓸 수 있는 것이 산문시입니다.

풀 김용구 경북 상주 청리초 4학년

독 새에 풀 한 포기 억지로 빠져나와 해를 보려고 동쪽으로 고개를 드는데, 동생들이 호매로 쪼아 가면 그 풀뿌리는 또 억지로 나오니라고 얼마나 외로이 얼마나 애를 먹을까? (1964. 3. 7.)

"독"은 '돌'이란 말이고, "호매"는 '호미'란 말입니다.

이 시는 돌밭에 난 풀에 대한 생각을 쓴 것입니다. 마음속에서 조용히 일어나는 생각을 따라 쓰자니 이렇게 산문같이 줄을 이어 쓰게 되었습니다. 이 생각이란 것은 어른들의 상상과는 다릅니다. 이 아이는 날마다 돌밭에 가서 동생들과 함께 풀을 뽑고, 학교에서도 호미로 풀을 뽑는 일을 하면서 살고 있으니, 우연히 머리를 스쳐 간 공상이나 상상이 아니고 날마다 바로 겪고 있는 일에서 얻은 절실한 이야기가 되어 있습니다.

버스 권영준 경북 문경 마성초 3학년

버스는 달립니다. 나무는 밀려가는 듯이 움직입니다. 버스는 미끄
러지듯이 달립니다. 사람들은 손을 흔듭니다. 기쁩니다. 정말 아
름다워요. 산에는 단풍, 들에는 누렇게 익은 벼, 버스는 먼지를
내며 달려갑니다. 버스는 재미있는가 봐. 사람들은 버스를 보고
손을 흔들어 준다. 상쾌한 느낌이 들었다. 버스는 그래도 쉬지 않
고 달린다. 버스 안에서 잠을 자는 사람도 있었다. 버스는 바퀴 여
섯 개를 가지고 달려갑니다. 잘도 달려갑니다. 버스가 달리면 날
으는 것 같습니다. 타 있는 사람들은 무섭지도 않는가 봐. 이상도
하지. 참으로 이상하다. 이상한 느낌이 든다. 버스는 자꾸 달린
다. 어머니 아버지, 밭의 보리를 가느라고 야단입니다. (1972. 10.)

버스를 타고 가는 기분이 잘 납니다. 버스란 말이 열 번이
나 되풀이되고, 그 밖에도 "달립니다" 같은 말을 되풀이하
면서 글월을 짧게 써서 버스가 쉬지 않고 달려가는 기분이
나도록 했습니다. 이 아이는 이렇게 쓰면 버스를 타고 가는
기분이 날 것이라고 생각을 해서 쓴 것이 아닙니다. 버스를
타고 갔을 때의 일, 그때의 심정을 잘 되살려서 쓰다 보니
저절로 글이 이렇게 된 것이지요. 남의 것을 조금이라도 흉
내 내려는 생각이 있었다면 이런 시는 못 썼을 것입니다.

어머니 이순희 경북 상주 청리초 4학년

우리 어머니는 날마다 된 일을 하신다. 빨래하고 밥 짓고 뽕 주고
아주 바쁘시다. 어머니 생각하면 슬프다. 오늘 아침 학교에 올 때
도 어머니는 뽕을 쌀고 있었다. 어머니 마음은 언제나 외로운 것
같다. 어머니 죽으면 우째 살까. 어머니 잃은 아이가 우리 동네에
있다. 그 집에는 언제나 웃음소리는 들리지 않는다. 성을 내고 울
고 아주 슬플 때는 가만히 운다. 그 집 아이가 내 동무다. 나는 가
한테 어머니 보고 싶지, 하면 눈물을 흘린다. 그때 한 번 나도 눈
물이 났다. 동네 사람이 불쌍하다 하며 머리를 쓰다듬어 준다.
(1964. 5. 25.)

• 쌀고: 썰고. 쌀이고. 썰이고. • 가한테: 그 아이한테.

날마다 고된 일을 하시는 어머니 생각을 하다 보니 어머
니가 죽으면 어찌할까 하는 느낌이 갑자기 들고, 그러다 보
니 어머니 없는 어느 아이가 머리에 떠올라 그 아이의 얘기
를 썼습니다. 이 글은 앞에 든 '풀'과 같이 마음속에 일어난
생각을 따라서 썼습니다. 어머니를 생각하고, 어머니 없는
아이를 생각하는 따스한 정을 느끼게 하는 시입니다.
여러분도 이와 같이 마음속에 조용히, 또는 뜨겁게 일어
나는 감정을 산문시로 써 보세요.

마음속에 잡힌 것을 정확하게

흔히 나무나 물건을 그림으로 그릴 때 똑같은 모양으로 그립니다. 가령 나무를 그린다면 세로 두 번 선을 그어 막대기같은 것을 세우고, 그 위에다 동그라미를 하나 그려 놓는 것같이 말입니다. 이렇게 해서 산도 그리고, 집도 그리고, 사람의 얼굴도 간단히 그립니다. 이런 그림을 개념으로 그린 그림이라고 말합니다.

개념으로 그림을 그리면 아주 익숙한 솜씨로 재빨리 그릴 수 있습니다. 그러나 개념의 그림은 죽은 그림입니다. 그 까닭은, 막대기 위에 동그라미가 그려진 것을 보고 사람들은 나무라고 알 수는 있지만, 이 세상의 어느 나무도 그런 나무는 없기 때문입니다. 모든 나무에 공통되는 성질을 뽑아 그려 놓은 나무라는 표(부호)는 될 수 있을지 모르지만, 뚜렷한 어떤 살아 있는 나무의 모양을 보여 주는 그림은 될 수 없습니다. 그래서 나무를 그릴 때는 어느 때 어느 곳에서 본 나무, 그 어느 자리에 서 있는 무슨 이름의 나무를 그려야 합니다. 집도 산도 그렇고, 사람도 마찬가지입니다. 그래야만 살아 있는 그림이 됩니다.

굳어 버린 개념을 깨부수고, 뚜렷한 그 무엇을 보여 주어야 하는 것은 시에서도 그림과 꼭 같습니다. 시에서는 먼저 개념으로 된 말을 쓰지 않아야 합니다.

아이들이 잘못 쓰고 있는 동시라는 작품은 바로 이 개념의 말만으로 쓰인 말장난입니다. 보기를 들면, 무서운 선생님을 말할 때는 반드시 '호랑이 같은 선생님'이라 하고, 가을 들의 벼를 말할 때는 '황금물결'이라 하고, 부모의 은혜는 하늘같이 높다든지, 바다같이 깊다든지 하는 따위입니다. 봄바람은 '살랑살랑' 불고, 땀은 '뻘뻘' 흘리고, 나뭇잎은 '우수수' 떨어지고, 눈은 '펄펄' 내리고, 유리창을 열고 닫을 때는 '드르륵'으로만 소리가 나는 것이 모두 개념으로 된 말입니다. 개념의 말은 여러분이 쓰는 산문(이야기글)에서도 될 수 있는 대로 피해야 하지만, 더구나 시를 쓸 때는 절대로 쓰지 않는다는 작정을 단단히 해야 합니다. 그래야만 시를 쓸 수 있습니다.

다음 작품에 개념으로 된 말이 들어 있는지 알아봅시다.

어머니 손 남학생 초 4학년

햇솜처럼 포근한
어머니 손

지친 손끝마다
인정이 가득가득

보들보들한 손을
만질 때마다

이 세상에서 제일가는
엄마를 만난 것 같다.

이 작품에서 "햇솜처럼 포근한" "지친 손끝" "인정이 가
득가득" "보들보들한 손" 같은 말들이 모두 개념으로 된 말
입니다. 사랑이 많은 모든 어머니의 손에 공통되는 부호의
말이지, 결코 어느 살아 있는 한 어머니의 손을 나타낸 말이
아닙니다. 그러니 읽어도 감동이 오지 않고, 누구든지 쓸 것
같은 말을 썼구나, 하는 느낌밖에 나지 않습니다.

우리 엄마 손 김종희 강원 화천 오음초 운수분교 4학년

우리 엄마 손
쭈글쭈글
떠덕살이도
많이 생긴 손
곡식을 매고 베고 꺾은
철사 같은
우리 엄마 손.

이것은 앞의 작품보다는 훨씬 나아졌다고 볼 수 있습니
다. 그러나 "쭈글쭈글/ 떠덕살이도/ 많이 생긴 손"이라든지
"곡식을 매고 베고 꺾은/ 철사 같은/ …… 손"이런 말도 흔
히 사람들이 쓰는 말이라 할 수 있고, 그래서 아직도 개념에
서 벗어나지 못한 상태라 하겠습니다. 어머니 손을 본 순간
의 느낌을 진정으로 정직하게 잡은 것이 아니고, 흔히 쓰는
꾸밈말로 근사하게 불려서 써 보이고 있습니다.

내 손 김웅환 경북 안동 임동동부초 대곡분교 3학년

내 손은

안 씻어 가지고
한짝 손이 자꾸 튼다.
칼 있는 아이한테
칼 좀 빌려 달라고 하면
안 빌려준다.
내 손이 터 가지고
피 묻을까 봐 안 빌려주나.
왜 안 빌려주노.
그리고 글때
손을 끊었는 게
안죽도 터가 있다.
눌리면
아프다. (1969. 11. 25.)

"한짝"은 '한쪽', "글때"는 '그때', "안죽도"는 '아직도'란
말입니다.

이 시는 개념으로 쓴 흔적이 조금도 없습니다. 손의 모양
이 아주 뚜렷하게 잘 나타나 있는 좋은 시입니다.

개념의 말을 쓰지 않고 뚜렷한 모양을 보여 주는 말, 살아
있는 느낌을 주는 말을 쓰려면 교과서 같은 데는 나오지 않
는 말, 남들이 글에서 잘 쓰지 않는 말을 쓰면 좋은 효과가

나타납니다. 자기가 늘 입으로만 지껄이는 말, 사투리라고
생각되는 말을 쓰면 시가 살아나는 까닭도 이 때문입니다.
　다시, 개념으로 쓴 작품을 들어 봅니다.

가을밤 남학생 초 5학년

귀뚜라미 떼 지어
합창하듯 울고

허수아비 외로운 듯
논밭에 홀로 서 있네.

나무에는 나뭇잎이
하나둘 떨어지고

바람 스쳐 지나가
이삭들의 스승이 되네.

　어느 한 구절도 뚜렷하게 잡아 보인 데가 없습니다. 마지
막에는 엉뚱한 말재주까지 부리고 있습니다. 이것은 시의
흉내만 낸 글이지요.

여기서 여러분은 확실히 깨달았을 것입니다. 개념의 말로 쓴 시, 곧 시가 아닌 시는 머리로 쉽게 만들어 낸 것이란 사실을 말입니다.

살아 있는 말의 재미, 시늉말

초등학교 국어 교과서에 "드르륵, 창문을 열었다"는 말이 나옵니다. 그것을 아이들이 배워서 창문 여는 소리를 적을 때는 모조리 '드르륵'이 되었습니다. 또 "땀을 뻘뻘 흘렸습니다"는 글이 나와서 이것도 그대로 흉내 내어 땀을 흘렸다는 말에서는 반드시 '뻘뻘'을 쓰는 것이 아이들의 글버릇이 되었습니다. 이와 같이 말이 재미없게 한 가지로 통일되는 것은 대단히 좋지 못합니다. '드르륵'은 소리를 시늉하는 말이고 '뻘뻘'은 모양을 시늉하는 말인데, 이런 소리나 짓을 시늉하는 말은 표준말이 따로 없다고 봐야 합니다. 그때그때 들은 소리나 본 모양에 맞는 말을 써야 합니다. 가령 문을 여는 소리만을 잠깐 생각나는 대로 적어도 다음과 같이 됩니다.

다르르르, 다르르륵, 다륵, 다라락, 다르락, 더르륵, 더르릉, 덜덜덜, 도르르, 도르륵, 도로로, 들들들, 달달달, 덜컹덜컹, 덜쿵덜쿵, 드르륵, 드릉드릉, 들컹들컹…….

이것은 'ㄷ' 자 줄만 쓴 것인데, 'ㅌ' 자 줄과 'ㅈ' 자 줄을 또 이와 같이 쓸 수가 있고 'ㅅ' 자도 됩니다. 또 'ㄸ' 자와 'ㅉ' 자도 이렇게 쓸 수가 있지요. 그러니 어림잡아도 백 가지를 훨씬 넘는 말이 됩니다. 창문의 종류와 크기와 도르래의 모양, 새것과 낡음의 정도에 따라, 둘레의 환경과 형편에 따라 온갖 소리가 다 날 수 있고, 그런 온갖 소리를 다 그때그때 알맞게 쓸 수 있도록 되어 있는 것이 우리 말, 우리 글의 특징이고 자랑입니다. 그런데 '드르륵' 한 가지로만 쓰다니 너무너무 잘못된 일이지요. 바람 부는 소리, 비 오는 소리, 사람의 웃음소리를 적는 것도 다 그렇습니다.

바람 김경홍 대구 대봉초 5학년

쌩쌩쌩
차가운 바람.
바람은 하늘을 나르는 새.
얼음 꽁꽁 묶어 놓고

또 여행을 간다.

그리고 어디선가 되돌아온다.

힘차게 부드럽게,

따뜻하게 시원하게.

여기 나오는 "쌩쌩쌩"과 "꽁꽁"도 바람 소리와 얼음 언 모양을 시늉한 너무 흔해 빠진 말이 되었습니다. 이 시는 어느 때 어느 곳에서 실제로 잡은 소리나 모양을 쓴 것은 아니고 마음속의 생각을 나타낸 것입니다만, 이런 경우에도 남들이 많이 쓰는 시늉말은 될 수 있는 대로 피하는 것이 좋겠습니다.

미루나무 김종희 강원 화천 오음초 운수분교 5학년

살랑살랑

흔들리는

미루나무 끝 가지에

검고 젊은 까마귀

앉아서

애들이 싸우는 걸 보고

음, 그거 좋지 않아

하며 고개를

가로젓고

(아래 줄임)

이 시의 첫머리에 나오는 "살랑살랑"도 흔히 남 따라 쓰
는 말이 되었습니다.

개미 금필녀 경북 안동 대성초 4학년

개미는 조그마한 돌멩이를 넘는데

땀을 뻘뻘 흘리며 마치 사람이

고개를 넘는 것처럼 힘들여 걷네.

지금 개미는 내 다리에

오르고 있다.

오르다가 또

내려가고 있다.

개미도 사람이 이상하니까

내려가는 것 같다.

이것은 농촌에 사는 아이가 쓴 시입니다. 둘째 줄에 나오
는 "뻘뻘"이 좋지 않습니다. 시에서 남들이 흔히 쓰는 말을

그대로 쓰면 죽은 말이 되고 거짓스런 표현이 됩니다. 꼭 맞는 말, 살아 있는 시늉말이 생각나지 않을 때는 차라리 안 쓰는 것이 훨씬 좋겠습니다.

다음 시에 나오는 시늉말은 어떤가요?

포플러 김순자 경북 안동 임동동부초 대곡분교 3학년

포플러 잎이 대롱대롱 달렸네.
포플러 잎은 꼭지에서 춤을 추네.
포플러 잎은 노란색을 입고 있으니
파란색을 덮어 주네.
나무도 껍질을 떨고
맨돌맨돌한 살결로 서 있네.
잎사귀는 나불나불 춤을 추네. (1970. 5. 8.)

여기 나오는 "대롱대롱" "나불나불"은 아주 알맞게 쓰인 살아 있는 말이라 생각됩니다. 이 아이의 마음에서 우러난 말, 삶에서 쓴 말이지요. 모양을 나타낸 말 "맨돌맨돌한 살결"도 참으로 좋은 말, 살아 있는 말입니다.

대나무 안영숙 경북 안동 길산초 5학년

대나무
포슬포슬 소리 낸대요.
대나무 옆을 지나가면
우리를 반기려고 노래를 하고
바람이 스쳐 가면 몸맵시를 자랑하는
다정스럽고 정다운 대나무. (1976. 12.)

여기 나오는 "포슬포슬"이란 말이 너무나 좋습니다. 대나
무 소리를 이렇게 아름다운 말로 나타낸 것을 어른들의 시
에서도 보지 못했습니다.

까치 새끼 백석현 경북 안동 임동동부초 대곡분교 3학년

까치집을 떠니
새끼가 세 마리 있다.
한 마리를 가주 가니
까치 어미가 깩깩깩깩
하면서 어쩔 줄을 모른다.
나무를 막 쫏는다.
어미도 불쌍하고 새끼도 불쌍해서
갖다 놓고 왔다. (1970. 5. 9.)

까치집에 올라와 새끼를 가져가려는 아이를 보고 어미 까치가 미친 듯이 까치집 둘레를 날면서 울어 댑니다. 그 어미 까치가 어떻게 울었겠습니까? "깩깩깩깩"이라고 이 아이는 썼습니다. 틀림없이 그렇게 울었을 것이라고 생각됩니다. 아무도 까치 울음을 "깩깩깩깩"이라고 쓴 사람은 없지만, 이 아이가 들은 그 어미 까치의 소리는 "깩깩깩깩"이었습니다. 본 대로 들은 대로 써야 살아 있는 말이 됩니다.

솔 넘어가는 소리 권상출 경북 안동 임동동부초 대곡분교 3학년

안동매기에서
솔을 빈다.
짝닥닥 하고
넘어간다.
빌 지기는
설설 거다가
넘어갈라 할 지기는
짝닥닥 거다가
땅에까지 댈 때는
콰당탕 건다.
내가

멀리 있어도
칭기는 것 같다.
소나무 앞에 있는
참나무도
엄침이 큰 게
소나무에 칭기서
불거진다. (1969. 10. 4.)

　　여기 나오는 "짝닥닥" "콰당탕" 하는 소리시늉말은 산골
아이들의 입에서 나오는 말입니다. 이 시는 산골 아이들의
말을 그대로 썼습니다. 이와 같이 입으로 하는 말을 그대로
쓰면 글도 살아나게 됩니다. "빈다"는 '벤다'는 말이고, "설
설 거다가"는 '설설거리다가', "콰당탕 건다"는 '콰당탕 한
다', "엄침이"는 '엄청나게', "칭기서"는 '치어서', "불거진
다"는 '부러진다'란 말입니다.

보리매미 김순희 경북 안동 임동동부초 대곡분교 3학년

일일…… 총 일일…… 총 일총일총…… 일총일총일총 총총총총
그러다가 오줌을 싸 놓고 옷이 젖으니 옷 입으로 뒷산으로 간다.

(1969. 6.)

이 시의 앞부분에서 보리매미가 우는 소리를 시늉해 놓은 것이 참으로 재미있고, 너무나 훌륭하게 되었다고 봅니다. "일총일총" 보리매미 울음소리를 이렇게 시늉해 놓은 말을 나는 처음 보지만, 그러고 보니 이건 영판 보리매미 소리로구나 하고 느껴지고, 보리매미 소리를 이보다 더 잘 쓸 수 없겠다는 생각이 듭니다. 그리고 보리매미가 처음 울기 시작해서 한 차례 울고 그칠 때까지, 그 울음소리의 변화도 놀랄 만큼 정확하고 재미있게 썼습니다. 어린이는 이렇게 해서 시인이라고 말하지요.

보리매미는 보리 이삭이 팰 무렵에 우는 매미, 그러니까 매미 중에서는 가장 일찍 우는 매미입니다. 그런데 지금은 보리매미 소리를 듣기 힘들게 되었어요. 거의 멸종이 된 상태가 아닌가 싶어요. 농약 공해를 가장 많이 입게 된 매미인 것 같습니다. 참으로 서글픈 일입니다. 그러니 이 시의 참맛을 알아주는 사람도 점점 드물어 갈 것이라 생각됩니다.

보고 들은 것을
그 자리에서, 사생시

자, 이번에는 '보고 쓰는 시'를 실제로 써 보기로 합시다. 여러분은 지금 저마다 있는 자리에서 편한 몸가짐으로 앉아 다른 모든 생각을 떨쳐 버리고 (아니 다른 생각을 해도 좋아요) 바로 앞에 있는 그 무엇을 가만히 바라보세요. 방 안이라면 벽에 걸린 달력이나 그림, 사진, 시계, 옷…… 따위가 있을 것이고, 창밖이라면 담벽이라든가 지붕, 나무, 전봇대, 하늘, 구름…… 같은 것을 볼 수 있을 것입니다. 이 세상에는 온갖 모양의, 온갖 크기의, 온갖 색깔의 물건이 있고 자연이 있고 움직이는 생물들이 있습니다. 그 모든 것들은 내는 소리, 풍기는 냄새와 향기도 다 다르고 우리에게 주는 느낌도 다 다릅니다. 또한 같은 것을 보고 듣고 해도 사람마다 모두 달리 느낍니다. 같은 사람이 같은 산을 보아도 아침에 본 산과 낮에 본 산, 저녁에 본 산이 다르고, 같은 아침이라도 어제 아침과 오늘 아침이 달리 보이고 달리 느껴집니다.

어쨌든 그 무엇을 가만히 바라보세요. 너무 여러 가지를 다 보려고 하지 말고 한 가지를 보세요. 아주 멀리 있는 것이라도 좋고 아주 가까이 있는 것이라도 좋으니 어느 한 가지 상대를 정해서 그것을 자세히 깊이 보는 것입니다. 그 모양과 색깔, 움직임, 소리와 향기들을 깊이 보고 듣고 맡고, 그렇게 보는 상대가 되어 보기도 해서 한참 동안 가만히 그렇게 있으면 거기서 또 다른 느낌이나 생각이 떠오를 수도 있습니다. 그러다가 마음속에 환히 떠오르는 어떤 생각이나, 갑자기 번개같이 스쳐 가는 어떤 느낌이 있으면 그것을 놓치지 말고 붙잡도록 하세요. 아, 참 아름답구나! 참 귀엽구나! 참 그렇지! 또는 참 가엾구나! 기쁘구나!…… 따위 어떤 느낌이나 생각이 떠오르면 그것을 붙잡아 그 순간의 생생한 느낌을 그대로 전할 수 있는 자기의 입말(입으로 지껄이는 말)로 (아름답다든지 귀엽다든지 가엾다든지 하는 말을 될 수 있는 대로 쓰지 말고) 나타내어 보세요. 이것이 보고 들은 것을 쓰는 시, 곧 사생시(그림시)입니다.

이 사생시를 다음에 몇 편 들어 보겠습니다. 이 시들을, 어떻게 보고 어떻게 그 느낌을 잡아서 어떤 말로 써 놓았는가를 생각해 보세요.

이슬 박귀봉 경북 안동 임동동부초 대곡분교 3학년

풀잎에 모여서
간들간들 웃고 있네.
말강말강한 기 앉아 있네. (1970. 6. 18.)

풀잎에 이슬이 모여 있는 모양을, 곱다든지 아름답다든지
하는 말을 쓰지 않고 "간들간들 웃고 있"다고 하고, "말강말
강한 기 앉아 있"다고 했습니다. "간들간들"은 이슬이 움직
이는 모양을 웃는 것같이 본 말이고, "말강말강"은 손에 닿
는 느낌을 말한 것입니다. 이슬을 가만히 들여다보았을 때
의 느낌을 잘 붙잡아 자기의 말로 썼습니다.
　이것은 바깥에 나가 본 것입니다. 본 것을 쓰기 위해서는
이렇게 흔히 들이나 냇가나 거리에 나가서 살펴봅니다. 방
안에 앉아서 보기보다 바깥에 나가면 우리의 마음을 움직이
는 것이 더 많이 보이기 때문입니다.

구름 박선용 경북 상주 청리초 3학년

구름이
해님을 꼭 안고

놔주지 않았다.

그런데 해님이

가랭이 쌔로

윽찌로

빠자나왔다. (1963. 10. 31.)

• 가랭이: '가랑이'라고도 한다. • 쌔로: 새로. 사이로.

• 윽찌로: 억지로. • 빠자나왔다: 빠져나왔다.

　구름이 지나가면서 해님을 가리는 순간을 쳐다보다가 느
낀 것입니다. 이럴 때는 구름이 지나가는 것이 아니라 해님
이 지나가는 것처럼 보이고, 구름은 해님이 못 가게 꼭 안고
놔주지 않는 것처럼 보이지요. 이 어린이는 해님이 구름의
"가랭이" 사이로 억지로 빠져나왔다고 했습니다. 구름과 해
님이 살아 있는 것같이 느꼈습니다. 이슬이고 구름이고 햇
님이고 풀이고, 그것을 볼 때 살아 있는 것으로 보고 느끼면
재미있는 시가 됩니다.

　이 시에도 "쌔로" "윽찌로"와 같이 자기가 평소에 입으로
하는 말로 쓴 것이 눈에 띕니다. 입으로 하는 말을 그대로
쓰면 시가 살아납니다. 그 까닭은 남의 글이나 책에서 배운
말이 아니라 글을 쓴 아이가 진정으로 하는 말이기 때문입
니다.

뻐꾹새 김순옥 경북 상주 청리초 4학년

뻐꾹새 한 마리
어디서 자꾸
울고 있다.
뻐꾹새 우니
슬픈 생각 들고
먼바다도
가 보고 싶다. (1964. 6. 5.)

　이것은 소리—뻐꾸기 소리를 듣고 쓴 시입니다. 가만히 뻐꾸기 소리를 듣고 있으니 어쩐지 슬픈 생각이 납니다. 그리고 어디 먼 곳으로, 먼바다 같은 데를 가 보고 싶어졌습니다. '가만히 그 무엇을 바라보거나 듣고 있다가 문득 머리를 스쳐 가는 느낌이나 생각'을 잡은 것입니다.

필통 이범석 경북 성주 대서초 6학년

필통은 연필이
잠자는 집이다.

필통은 연필이
작아질 때마다
마음 아파한다. (1985. 9. 6.)

필통 속에 들어 있는 연필을 가만히 들여다보았을 때의
느낌을 쓴 시입니다. "필통은 연필이/ 잠자는 집"이라 했지
만, 다음에는 자꾸 작아지는 연필을 필통이 "마음 아파한
다"고 했으니, 필통은 집이라기보다 엄마라고 하는 것이 더
맞겠지요.
　이 시는 다음의 시와 그 느낌이 닮았습니다.

필통 김순규 경북 안동 길산초 4학년

연필이 일을 하다가
따뜻한 엄마 품에
가만히 누워 있다. (1976. 11.)

그러나 흉내를 낸 것은 아닌 줄 압니다. 저도 몰래 닮을
수도 있겠지만, 이 시에서 다시 새로운 느낌을 잡았다고 할
수 있습니다.

146

코스모스 황순분 경북 상주 청리초 4학년

코스모스 아름답다.
길옆에 가는 사람 예쁘다.
코스모스는 길 가는 사람이
반가워서 어쩔 줄을 모른다. (1963. 9. 28.)

길가에 피어 있는 코스모스를 본 느낌입니다. 코스모스가
아름다우니 길 가는 사람도 예뻐 보입니다. 바람에 흔들리
는 코스모스가 길 가는 사람이 반갑다고 좋아서 몸을 흔드
는 것같이 보았습니다.

눈 김진순 경북 상주 공검초 2학년

눈이 많이 오니
서로 니찔라고 해서
또 어떤 거는 너 먼저 니쪄
어떤 거는 안 죽을라고
땅에 떨어지면 죽는다고 너 먼저 니쪄
하고 다른 거를 막 떠다밉니다.
그래 다른 거는 뚝 떨어지니까

소르르 녹으면서 아이구 나 죽네

합니다. (1958. 12. 27.)

　이것은 교실에 앉아서 창밖에 눈이 오는 모양을 가만히
바라보고 쓴 시입니다. 눈송이가 떨어져 내리는 모양이 재
미있어 바라보고 있으니 그 눈송이들이 서로 이야기하는 것
같아 떨어지는 눈송이들의 말을 적어 놓았는데, 그 이야기
들이 재미있고 너무나 자연스럽습니다. 그리고 여기서도 자
기의 말로 쓴 것이 좋습니다. "니쩔라고"는 '떨어지려고'란
말이고, "니쩌"는 '떨어져'나 '떨어져라'라는 말입니다.

조금 전에 있었던 감동을 되살려

이번에는 얼마쯤 전에 (조금 전 바깥에서, 또는 오늘 아침이나 어제저녁에) 그 어디에서 보고 듣고 일하고 (놀고) 느낀 것을 쓰는 공부를 하도록 하겠습니다. 지나가 버린 일이라도 아직은 마음에 새겨 있어 잊히지 않는 것이라면 그것을 시로 쓸 수 있습니다.

공 김선모 경북 안동 임동동부초 대곡분교 3학년

공을 지르니
도르르 돌면서 올라가서
도르르 돌면서 내려온다.
둥, 하면서 공은 튄다.

튈 때 또 한 방 지르니

구름 따라 올라가다 못 올라간다. (1970. 3. 20.)

이것은 조금 전 쉬는 시간 운동장에서 공놀이 한 것을, 지
금 교실에 들어와서 쓴 것입니다. 쳐 올린 공이 하늘로 올
라가다가 내려오는 모양을, 지금 막 눈앞에서 보는 것같이
되살려 썼습니다. 글을 쓴 형식도 '공을 질렀더니…… 내려
왔다' '…… 튀었다' 이렇게 지나가 버린 얘기로 쓰지 않고
"지르니…… 내려온다" "…… 튄다" "…… 올라간다"고 하
여 지금 바로 그 놀이를 하고 있는 것처럼 쓰고 있는 데 주
의할 필요가 있습니다. 이렇게 쓰면 그 행동이나 본 것이 생
생하게 살아서 눈앞에 나타납니다.

물 대기 오점인 경북 봉화 서벽초 6학년

마랭이 갔다 오는 길에 보니

논에서 어떤 할아버지가

위의 논 할아버지보고

"야! 이놈아, 물 좀 빼라" 하시면

위의 논 할아버지는

"이놈아! 물 못 준다" 하신다.

할아버지도 싸움을 다 하는가?
나는 그것을 보니 참 우스웠다.

이 시는 아마 그 전날에 있었던 일을 썼을 것입니다. 이웃
마을에 갔다가 오는 길에서 본 것인데, 두 할아버지가 물싸
움을 하는 것을 보고 할아버지들도 싸움을 하는가, 아이들
같이 싸우는 것이 우습구나, 하고 느낀 것이 아직도 마음에
서 사라지지 않고 있었던 모양입니다. 할아버지들이 말하는
것을 그대로 써 놓았습니다.
　여기서도 "…… 하시면 …… 하신다"고 해서 지금 막 그
런 말을 하고 있는 것처럼 썼습니다.

점심시간 이종희 경북 상주 청리초 5학년

점심을 먹는데
어머니 생각이 났다.
내가 어머니께
쌀밥 싸 달라고
졸랐던 것이 후회된다.
청상 내 동무는
보리밥도 못 먹고

이 긴 날을 그대로 견디는데
생각하니 부끄러웠다. (1963. 5.)

이것은 점심시간에 점심을 먹으면서 생각했던 일을 잊지
않고 되살려 썼습니다.

지나간 일을 쓸 때는 위의 '물 대기'같이 어디서 무엇을
본 것을 쓸 수도 있고, 이 '점심시간'같이 무엇을 생각했던
것을 쓸 수도 있지만, 앞의 '공'같이 자기가 바로 어떤 놀이
를 하거나 일을 한 것을 많이 쓰도록 권하고 싶습니다. 왜냐
하면, 가만히 앉아 보고 듣기만 하고, 생각한 것을 쓰는 시
는 지금 바로 앉은 자리에서 눈앞의 것을 쓸 수도 있지만,
삶 속에서 행동한 일은 지나간 뒤에야 쓸 수 있기 때문입니
다. 우리는 공놀이를 하면서 그것을 시로 쓸 수는 없습니다.
공놀이가 끝난 뒤 방에 들어가서 쓰는 수밖에 없습니다.

다음과 같은 시도 그렇지요.

오늘 아침 김석범 경북 상주 청리초 2학년

아침에 일어나서
도랑에 낯 씨로 갔다.
도랑물이 차워서 깜짝 놀랐다. (1962. 11. 17.)

152

• 씨로: 씻으러. • 차워서: 차가워서.

가을이 다 갈 무렵 쓴 시입니다. 아침에 도랑물에 손을 담가 보니 차가워서 깜짝 놀랐다고 했습니다. 그래서 이 아이는 아, 벌써 겨울이 가깝게 다가왔구나, 하고 느꼈습니다. 그런 느낌이 아주 잘 나타나 있습니다. 이런 것을 삶의 느낌이라고 말하면 되겠지요. 삶의 느낌은 어린이들이 시를 쓰는 데 아주 귀중합니다. 이 삶의 느낌은 교실에서나 그 어디에서 "자, 지금부터 시를 써 보자"고 해서 연필을 쥐고 그 무엇을 본 것을 쓰려고 할 때는 자연스럽게 나타나지 않는 것이 보통입니다. 그래서 평소에 살아가면서 그때그때 마음속에 일어나는 느낌이나 생각, 놀라움을 될 수 있는 대로 그것이 일어났던 바로 뒤에 '아, 이런 것을 적어 두어야지' 하고 수첩 같은 데다 적어 두는 것이 시를 쓰는 가장 좋은 태도요, 방법입니다.

머리로 만들지 말고
일(놀이)한 것을 써야

사람은 가만히 앉아 있어도 눈앞에 무엇이 보이고, 마음속에 어떤 느낌이나 생각이 일어납니다. 그러나 보고 들은 것이나 마음속의 느낌은 그 사람이 손발을 움직이고 몸을 움직여 어떤 행동을 했을 때 가장 생생하게 마음속에 새겨집니다. 가만히 앉아서 머리로 생각만 하는 것은 나이 많은 어른들이나 병든 사람이 잘하는 것이지요. 아이들은 인형같이 가만히 앉아서 생각만 하는 사람이 되어서는 안 됩니다. 그러니 아이들이 썼다는 시가 삶의 모습, 삶의 느낌은 나타나지 않고 빈말로 장난스런 말 맞추기를 한 것이라면, 그런 작품을 쓴 아이들은 병들었다고 할밖에 없습니다. 일한 것이나 놀이를 한 것을 시로 써 보라고 권하는 까닭이 여기에 있습니다.

154

나뭇잎을 끌어내며 유태하 경북 상주 청리초 6학년

연못에 들어 있는
나뭇잎을 쓸어 내다가
나도 모르게
일하기 싫어졌다.

비를 들고 서서
동화 이야기를 생각하다가
문득
바보 이반을
생각하였다.

아무리 아파도
일을 한다는
바보 이반,
바보 이반을 생각하면서
다시 나뭇잎을
깨끗이 끌어내었다. (1966. 11. 6.)

같은 당번 아이들이 집으로 가 버렸는지도 모르지요. 혼자 마른 연못 안에 모인 나뭇잎을 쓸어 내다가 하기 싫어졌습니다. 나도 그만두고 가 버릴까 하다가 톨스토이의 동화 〈바보 이반〉 얘기가 생각났습니다. 훌륭한 사람은 바보같이 일을 하는 사람이지! 이렇게 생각하고 다시 나뭇잎을 깨끗이 끌어냈다는 것입니다. 이 시에는 행동→생각→행동, 이렇게 행동으로 시작해서 다시 행동으로 끝나는 체험이 쓰여 있습니다.

행동(일이나 놀이)은 사람마다 다릅니다. 그러니 행동을 쓴 시는 남의 작품의 모방이 되지 않습니다. 생각이란 것도 가만히 앉아서 하는 생각이 아니고 행동에 따른 생각, 삶 속에서 어쩔 수 없이 우러나온 생각은 읽는 이에게 '참 그렇구나' 하는 감동을 줍니다.

아버지의 병환 김규필 경북 안동 임동동부초 대곡분교 3학년

우리 아버지가
어제 풀 지로 갔다.
풀을 묶을 때 벌벌 떨렸다고 한다.
풀을 다 묶고 나서
지고 오다가
성춘네 집 언덕 위에 쉬다가

일어서는데

뒤에 있는 독맹이에 받혀서

그 높은 곳에서 떨어질 때

풀하고 구불어 내려와서 도랑 바닥에 떨어졌다.

짐도 등따리에 지고 있었다.

웬 사람이 뛰어와서

아버지를 일받았다.

앉아서 헐떡헐떡하며

숨도 오래 있다 쉬고 했다 한다.

내가 거기 가서

그 높은 곳을 쳐다보고 울었다. (1969. 6. 10.)

"지로"는 '지러'란 말이고, "독맹이"는 '돌맹이' '돌'이란 말이고, "등따리"는 '등' '등때기'란 말, "일받았다"는 '일으 켰다'란 말입니다.

이 시는 아버지가 당했던 일을 이야기같이 써 내려가다가 마지막에 가서 자기의 행동을 두 줄로 짧게 적어서, 그 행동 으로 자기의 감정을 나타내어 놓았습니다. 곧, 이 시는 아버 지의 행동을 쓴 말이 대부분이고, 여기에 아버지를 도우려 는 어느 마을 사람의 행동과 자기의 행동, 그러니까 처음부 터 끝까지 행동을 쓴 시가 되었습니다.

행동의 시는 반드시 이렇게 커다란 사건이나 엄청난 감정이 따르는 사건이라야 쓸 수 있는 것이 아닙니다. 조그만 일도 얼마든지 시가 될 수 있습니다.

유리창 남경자 경북 안동 임동동부초 대곡분교 3학년

유리창에 입김을 불어서
곱하기를 꼭두배기로 올라가니
명자가 심이 놀아서
"경자야, 야야, 그래지 마라"
한다.
난 자꾸 하기만 했다. (1969. 11. 8.)

늦가을 어느 아침, 교실 유리창에 입김을 불어서 거기 글씨도 써 보고 곱하기표도 그려 보면서 혼자 즐기고 있는데, 명자가 "경자야, 야야, 그래지 마라" 합니다. 명자가 공연히 샘이 나서 그런다는 것을 알고 있는 이 아이는 일부러 자꾸 곱하기표 그리는 놀이를 했다는 것입니다. 이 시는 두 아이의 행동을 그려서 마음의 움직임을 잘 나타냈습니다. 이런 조그만 일이라면 여러분도 날마다 겪고 있을 것입니다. 자기만이 겪어서 알고 있는 이런 일들을 시로 써 보세요.

누구에게 하고 싶은 말을
건네는 시

시는 여러 가지로 나눌 수 있지만, 모든 시를 사람의 입으로
지껄이는 말이라고 볼 때, 혼자 지껄이는 시와 남에게 말을
건네는 시, 이 두 가지로 나눌 수 있습니다.

유리창 정종수 경북 상주 청리초 3학년

시간을 마치고 저쪽
따뜻한 유리창 있는 데로 가서
따뜻한 책상을 만지면서
팽이를 돌린다. (1963. 11. 8.)

공부를 하는 시간입니다. 겨울이 다가오는 때라 교실은

춥습니다. 더구나 이 아이의 자리는 볕이 들지 않는 쪽입니다. 그래서 쉬는 시간을 기다립니다. 쉬는 시간에는 잠시라도 햇빛이 드는 남쪽 창문 앞에 가서 따스한 볕을 쬘 수 있기 때문입니다. 아, 어서 종이 쳤으면! 그러면 따스한 유리창 앞에 가서 따뜻한 책상을 만지면서 팽이를 돌려야지! 하고 생각합니다.

이 시에 나타난 말은 이 아이가 그 어떤 특정한 사람에게 하는 말이 아닙니다. 혼자 지껄이는 말입니다. 지금까지 여러분들이 써 온 거의 모든 시는 이런 '혼잣말의 시'라 할 수 있습니다. 사람은 그 누구에게 하는 말도 아닌데, 이렇게 저 혼자 마음속의 생각을 지껄이면서 그 마음의 외로움을 달래고, 울적함을 터뜨리고, 또는 놀라움을 부르짖고 하는 것입니다.

그런데 이와는 달리 그 어떤 상대에게 말을 건네는 시가 있습니다.

옷 김민한 경북 안동 임동동부초 대곡분교 2학년

어머니, 옷 사 조요.
추석에 옷 해 조요.
나는 옷도 없고

언니 옷을 줄아 가지고

입고 있어요.

언니 치마를 꾸매 입고 있어요. (1968.)

"줄아 가지고"는 '줄여 가지고'란 말이고, "꾸매"는 '꿰매
어'란 말입니다.

이것은 어머니께 하는 말로 된 시입니다. 옷이든지 밥이
든지, 아이들이 자기에게 꼭 필요한 그 무엇을 요구하는 말
은 대개 부모에게 바로 하는 말로 되어 있습니다.

산에서 놀기 박귀봉 경북 안동 임동동부초 대곡분교 3학년

산에 놀러 가자.

아이들 많이 데리고 오너라.

숙자야, 너도 가자.

옥자야, 너도 가자.

귀숙아, 귀네야,

모두 가자.

산으로 가자.

산에 가면

어라, 나무딸이 있네.

서로 먹을라고

하지 마라.

나무딸 실컷 따 먹고

나뭇가지에 올라가서 놀자.

노래를 부르자.

숙자야, 해랑아, 노래해라.

옥자야, 저 건너 불이야 해라.

애들아, 모두

산에 가서 놀자. (1970. 6. 30.)

여기서는 산에 놀러 가자고 동무들에게 말하고 있습니다. 산에 가면 나무딸(산딸기)을 따 먹고, 나무에 올라가 노래를 부르자고 해서 동무들을 꾀는 말을 하고 있습니다.

이렇게 말을 건네는 시는 부모 형제나 동무들에게나 선생님께 말하는 형식으로 쓰는 것이 많지만, 때로는 자연의 그 어떤 대상에 하소연하는 수도 있습니다.

바람 고윤자 경북 상주 공검초 2학년

바람아, 바람아,

불지 마라.

우리 오빠

산꼭대기에서

산 지키는데 춥다.

바람아,

불지 마라. (1958. 12. 9.)

이것은 바람에게 말하는 시입니다.

조그만 구름 이성윤 경북 안동 임동동부초 대곡분교 3학년

조그만 구름아.

어서 빨리 갈라고 하면 뭘 하노?

평생 가 봐도 너의 집은 없다.

몇며칠 굶고 가도 밥 한 숟갈 안 준단다. (1969. 11. 8.)

이 시는 한 조각구름을 보고 말하고 있습니다.

사람이든 자연이든 말을 건네는 시는 자기가 하고 싶은
절실한 말로 상대편에 하소연해야 합니다. 결코 말하는 시
늉을 하는 데 그쳐서는 안 됩니다. 여러분도 마음속에 있는
하고 싶은 말을 이렇게 그 누구에게 토해 내어 보세요.

흥이 나서
저절로 노래하듯 쓰는 시

여러분은 누구나 줄넘기 놀이를 한 일이 있지요? 골목에서
여럿이 줄넘기를 할 때면 줄을 잡고 있는 사람과 빙 둘러서
서 차례를 기다리며 보고 있는 아이들이 함께 노래를 불러
줍니다.

앞바퀴 뒷바퀴 자동차 바퀴
앞에는 운전수 뒤에는 조수
달려라 달려라 서울까지
달려라 달려라 서울역까지
다 왔어 다 왔어 내려 주세요.

이런 노래도 부르고, 그 밖의 온갖 재미있는 노래를 부릅

니다. 그렇게 부르는 노래 가운데는 학교에서 배운 것을 더 재미있게 고쳐서 부르는 것도 있고, 어디서 들은 노래를 더 재미있게 만들어 부르는 것도 있고, 아주 듣지도 배우지도 않은 것을 누가 한 사람이 지어내어 부르면 모두 따라서 부르는 노래도 있지요. 이렇게 멋대로 지어 부르는 노래는 그것을 이곳저곳에서 자꾸 부르는 동안에 조금씩 더 재미있게 고쳐서 부릅니다. 이와 같이 여럿이 함께 부르는 노래도 맨처음에는 그 어느 한 사람이 부른 것이고 지어낸 것입니다.

놀이를 할 때 흥이 나서 저절로 입에서 재미있는 말이 술술 터져 나오면 그것이 노래가 되고 동요가 됩니다. 이럴 때는 저도 몰래 이미 어디서 배운 것을 그대로 부르기 쉬운데, 그래도 좋아요. 다만 시가 되기 위해서는 처음 지어내는 노래가 되어야 하겠고, 가끔 그런 제멋대로 된 노래를 지어 부르는 것이 좋겠습니다.

또, 여럿이 함께 놀 때가 아니고 혼자 있을 때도 무엇을 중얼거리는 수가 있습니다. 슬플 때는 슬픔을 토해 내는 소리를, 기쁠 때는 기쁨을 나타내는 소리를, 괴로울 때는 괴로움을, 외로울 때는 외로움을 달래는 소리를 온갖 하고 싶은 말로 노래하듯 중얼거리면 그것이 바로 시가 되기도 합니다.

오얏 여갑술 경북 안동 임동동부초 대곡분교 2학년

오얏이 안죽도 안 익었네.
오앗은 안죽도 새파랗네.
오앗은 안죽도 언제 익을노?
안죽도 새파랗게 언제 익을노? (1970. 7. 11.)

"오얏"은 '자두'의 옛말이고, "안죽도"는 '아직도'의 사투리입니다.

이것은 오얏나무에 달린 오얏 열매를 쳐다보고는, 저게 빨리 익어야 따 먹을 수 있을 것인데, 하면서 입에서 저절로 튀어나온 말입니다. 어쩌면 입에서 실제로 중얼거린 말이 아니고 마음속에서 중얼거린 말인지 모릅니다. 그런 마음속의 말을 얼마 후 방에 들어와 잊지 않고 되살려 썼을 것 같기도 합니다. "오앗은 안죽도"란 말이 연달아 나오고, "언제 익을노?"를 되풀이해서 오얏이 익기를 기다리는 마음이 잘 나타나 있습니다. 이렇게 노래하듯이 쓰는 시는 흔히 같은 말을 되풀이합니다. 이와 같이 혼자 하고 싶은 말을 중얼거리거나 노래하듯이, 터져 나오는 말을 그대로 써 보세요. 이때 주의할 것은 앞에서도 말했지만, 자기만의 느낌과 생각을, 조금도 어떤 시의 형식을 생각하지 말고 마음껏 자유롭게, 노래하듯이 써야 한다는 것입니다.

바람 박경자 경북 상주 이안서부초 5학년

따뜻한 봄 날씨에 바람이 살랑
우리 애기 홍역 하는 데 바람이 살랑
나뭇잎이 새파랗게 돋아나는 데 바람이 살랑
시냇물이 졸졸 흐르는 데 살랑
길가의 민들레꽃 살랑
언덕의 보리를 마구 디디고
바람이 바람이 살랑거려요. (1966. 5. 5.)

봄에 부는 바람을 노래한 시입니다. 이 시를 읽으면 참으
로 즐겁습니다. "바람이 살랑"이란 말이 줄마다 되풀이되
다가 나중에는 바람도 생략되고 "살랑"만 되풀이되고 있습
니다. 그 바람은 따뜻한 봄에 부는 바람이요, 우리 애기 홍
역 하는 데, 나뭇잎이 새파랗게 돋아나는 데, 시냇물이 졸졸
흐르는 데, 길가에 핀 민들레꽃에, 언덕의 파란 보리밭 위
로…… 이렇게 봄날의 들과 마을을 자유롭게 참으로 자유롭
게 살랑거리며 다닙니다. 그 봄바람같이 자유롭고 아름다운
노래로 된 시입니다.

삶 속에 들어온 풍경,
그림 같은 시

시를 쓰려고 일부러 도사리고 앉아 그 무엇을 들여다보고
쓰는 시, 그림을 그리듯이 쓰는 시가 아니라도, 우리는 평소
에 살아가면서 눈으로 본 것을 쓸 수 있습니다. 길을 걸어가
다가 무엇을 보았을 때, 책을 읽다가 문득 창밖의 하늘을 보
았을 때, 또는 차를 타고 가다가 눈에 띈 것을, 마치 한 폭의
그림을 보는 듯한 시로 쓸 수 있습니다.

오동나무 박선용 경북 상주 청리초 4학년

저쪽
지붕 위에
자주감자색으로

활짝 핀

오동꽃

지붕보다 노프게

올라갔구나! (1964. 5. 14.)

　오월의 어느 날, 골목을 지나가다가 문득 저쪽 지붕 위에
활짝 핀 오동꽃이 높다랗게 쳐다보여서 '아, 아름답구나' 하
고 느끼고는 그것을 한 폭의 그림같이 써 보인 시입니다. 그
오동꽃색을 자주감자색이라고 했습니다. 자주감자꽃도 오
동꽃이 필 때 핍니다. 어쩌면 이 어린이가 걸어가고 있는 집
옆 울타리 안에 감자꽃이 피어 있었는지도 모릅니다. 오동
꽃이 "지붕보다 노프게/ 올라갔구나!" 했습니다. 지붕 위에
높이 보이는 오동나무와 오동꽃이 눈에 선합니다.

은행잎 김순분 경북 상주 공검초 2학년

오후

학교에 오다니까

길가에 은행나무

은행잎이 하나

가지

맨

끝에

달랑달랑거리는데

나는 그기 니찌까 봐

고만 보고 오는데

신작로에 오니

똑

떨어집니다. (1958. 11. 15.)

"그기 니찌까 봐"는 '그것이 떨어질까 봐'란 말입니다.

"오후/ 학교에 오다니까" 하고 쓴 것은, 학교의 교실이 모자라 오전반과 오후반으로 나누어 공부를 하던 때에 오후반이 되어 학교에 온 것을 말합니다.

때는 초겨울, 학교 오는 길에는 나무들이 잎을 모두 떨어뜨려서 앙상한 가지만 남았는데, 어느 은행나무에 잎 하나가 아직 떨어지지 않고 가지 맨 끝에 달랑거리고 있습니다. 이 아이는 그 잎이 떨어질까 싶어 한참 쳐다보다가 고만 보고 오는데 자꾸 마음에 걸립니다. 차라리 떨어지는 것을 안보는 것이 좋겠다 생각하고 오지만 뒤가 당깁니다. 그래 신작로에 올라와서, 이제 마지막으로 한 번만 보자, 하고 돌아보는데, 마침 그때 그 잎이 똑 떨어지더라는 것입니다.

이 시에는 가지 끝에 남아서 달랑거리는 잎 한 장과, 그 잎이 떨어지는 모양이 그림같이 나타나 있습니다.

그림 같은 시도 그 그림 속에 지은이의 마음이 들어 있을 때 더욱 살아 있는 그림으로 됩니다.

꽃밭 정봉자 경북 상주 청리초 3학년

꽃밭에만 가면
코스모스가 환하게
피어 있다.
꽃밭에만 가면
코스모스가 환하게
피어 있다. (1963. 10. 12.)

"꽃밭에만 가면/ 코스모스가 환하게/ 피어 있다"고 두 번 되풀이했습니다. 아무 꾸밈도 없이 다만 평범한 말을 했을 뿐인데도 이 시를 읽으면 신선한 느낌이 들고, 꽃밭에서 환하게 피어 있는 코스모스들이 눈앞에 나타납니다. 코스모스가 보고 싶어 쉬는 시간마다 꽃밭에 찾아가는 이 아이의 마음이 이 시에서 느껴지고, 그런 느낌이 우리의 눈앞에 코스모스 꽃밭을 더욱 환한 풍경으로 펼쳐 보입니다.

그림을 그려 보이듯 쓰는 시도 이같이 글쓴이의 마음과
삶이 그 시 속에 녹아 있어야 좋은 시가 되어 감동을 주는
것이지요. 일상의 삶 속에서 감동하면서 본 것을 써야 한다
는 말입니다.

논물 홍옥분 경북 안동 임동동부초 대곡분교 3학년

논물에
하늘이 보인다.
하늘이 기쁘다.
그 논길에 걸어가니
어리어리하네.
곧 빠질라 한다.
고이고이 갔다. (1969. 6. 1.)

봄날의 논길을 걸어갑니다. 못자리를 해 놓은 논에는 물
이 가득 차 있습니다. 그 물속에 푸른 하늘이 있고 구름이
떠갑니다. 그러니 논길은 깊은 물에 놓인 외나무다리처럼
느껴지고, 금방 물에 빠질 것 같은 기분이 드는 게지요. 어리
어리하다고 했습니다. 맑은 물이 가득 찬 못자리 논둑길을
한 아이가 걸어가는 모습이 그림같이 나타나는 시입니다.

필요 없는 말 줄이기

시가 산문과는 다른 점의 하나가 짧게 쓰는 것입니다. 그래서 될 수 있는 대로 필요 없는 말, 줄여도 되는 말을 지워 없앱니다. 이렇게 줄여서 써야 좋은 시가 됩니다. 쓸 때도 그런 태도로 쓰겠지만, 다 써 놓고 다시 읽어 보고 줄여도 될 말은 없애도록 합니다.

그러면 어떤 말을 어떻게 줄이면 될까요? 이 공부를 하기 위해서 먼저 시와 산문을 견주어 보기로 합니다.

해가 지면 성둑에서 부르는 소리가 납니다. 놀러 나간 아이들을 부르는 소리가 납니다.

이것은 이원수 선생님의 시 '부르는 소리' 첫째 연을 산문으로 고쳐 쓴 것입니다. 이 시의 본 모양은 이렇습니다.

해가 지면 성둑에
부르는 소리.
놀러 나간 아이들
부르는 소리.

여기서 산문의 어느 부분을 줄인 것으로 되었는지 견주어
봅시다. 다음에 묶음표를 한 부분이 줄어든 것이지요.

해가 지면 성둑에(서)
부르는 소리(가 납니다.)
놀러 나간 아이들(을)
부르는 소리(가 납니다.)

어떤 말이 줄어들었는가 하면 "서" "가" "을"과 같은 토
가 줄고, "납니다"와 같은 풀이하는 말이 줄었습니다. 이같
이 시에서는 토나 풀이하는 말을 많이 줄입니다. 보통의 산
문보다 말을 적게 하여 꼭 써야 할 말만 써 놓고도 이와 같
이 토나 풀이말을 더러 줄입니다. 물론 토나 풀이말을 다 없
애는 것이 아니고, 읽어 보아서 없애도 괜찮겠다고 느끼면

없애는 것입니다. 아이들이 쓰는 시도 마찬가지입니다. 단지
이 공부는 4학년 이상의 학생들이 하는 것이 좋겠습니다.
　이번에는 어린이시를 보기로 들지요.

우리 학교 윤호섭 서울 고척초 6학년

우리 학교
고물 학교
축구도 야구도 못하는
고물 학교
아이들은 언제나
교실 안에 있다네.

　이 시에서도 분명히 말을 줄인 부분이 있습니다. 그 줄인
부분을 적으면 다음과 같습니다.

우리 학교(는)
고물 학교(다)
축구도 야구도 못하는
고물 학교(다)
아이들은 언제나

교실 안에 있다네.

　여기서 줄인 말도 "는"이라는 토와 "다"라는 풀이말이 되
어 있습니다.
　줄여야 하는 말은 토나 풀이하는 말뿐 아닙니다. '어찌'
하는 뜻을 나타내는 말이나 이음말들도 필요 없으면 다 줄
이는 것이 좋습니다.
　다음 작품에서 줄여도 될 데가 있는지 살펴보세요.

전학 온 아이 　이태곤 경남 통영 풍화초 4학년

우리 반에 전학 온 아이는
처음이라 그런지 말을 하지 않고
가만히 있다.
친구도 없고
쓸쓸해 보인다.
뒤에 가면 말도 하고
재미있게 놀 끼라고
생각된다.

　이 작품에서는 맨 첫 줄 끝의 "아이는"에서 "는"이라는

토를 없애고 읽어 보세요. 잘 읽힐 것입니다.

그 밖에는, 맨 마지막 줄 "생각된다"란 말이 아주 없어도 되겠는데, 어떻게 하면 좋을까요? 내 생각으로는 그 앞의 줄도 좀 고쳐서 '재미있게 놀겠지' 이렇게 쓰면 되겠다 싶은데, 어떻게 생각하는지요?

이번에는 고치고 줄일 것이 좀 여러 군데 있는 글입니다.

송아지 이인순 경기 평택 내기초 6학년

따뜻한 양지쪽에
어미 소랑 아기 송아지가
매우 다정합니다.
눈이 큰 송아지는
어미 소 배에 달린 둥그렇고 큰
젖꼭지를 물고
눈망울을 껌뻑껌뻑입니다.
어미 소 또한 우리 엄마와도 같이
큰 눈을 지긋이 감고
무엇인가를 열심히 씹고 있습니다.

줄여야 할 데를 차례로 말해 보겠어요.

둘째 줄 맨 끝에 "송아지가"에서 "가"는 없어도 좋지 않을까 생각합니다.

셋째 줄의 "매우"란 말이 문제입니다. 다정한 모양을 뚜렷하게 보여 주지 않고 '매우'니 '아주'니 하는 막연한 말을 쓰는 것은 시에서 가장 좋지 않습니다. 이런 것을 '추상 표현'이라고 하지요. 다른 보기를 들면 '얼음짱 같은 바람이 소매 속에 파고들어 왔다'고 하면 뚜렷한 표현이 되지만 '매우 차가운 바람이 불어왔다'고 하면 추상하는 말이 되어 버리지요. '살을 에는 듯한 바람이……' 하는 말도 너무 많이 써서 좋지 않습니다. 이와 같이 흔히 쓰는 버릇말을 또 개념으로 된 말이라고도 합니다. 그래서 뚜렷한 표현을 못 하면 이런 추상이거나 개념으로 된 꾸밈말은 차라리 없애는 것이 좋습니다. 그리고 "다정합니다"도 '다정하다'가 더 좋겠어요. 이 시에서 '합니다'로 써야 할 아무런 까닭이 없습니다. 따라서 다른 곳의 "입니다" "있습니다"도 모두 고치는 것이 좋겠습니다.

일곱째 줄의 "껌뻑껌뻑입니다"는 '껌뻑껌뻑한다'로 하면 되겠습니다.

여덟째 줄에서는 "또한"이 걸립니다. 시에서는 특별한 경우가 아니면 '그리고'라든가 '또한' 같은 말을 안 쓰는 것이 좋아요. 이 "또한"을 없애면 그 앞의 "어미 소"란 말에는

'도'라는 토를 붙여야 되겠지요. 그리고 같은 줄에서 "엄마와도 같이"는 '엄마같이'로 쓰면 훨씬 간결하게 됩니다.

맨 마지막 줄 "무엇인가를"에서 토 "를"을 없애고, "있습니다"를 '있다'로 고칩니다.

이래서 줄이고 고친 대로 다시 적으면 다음과 같습니다.

따뜻한 양지쪽에
어미 소랑 아기 송아지
다정하다.
눈이 큰 송아지는
어미 소 배에 달린 둥그렇고 큰
젖꼭지를 물고
눈망울을 껌뻑껌뻑한다.
어미 소도 우리 엄마같이
큰 눈을 지긋이 감고
무엇인가 열심히 씹고 있다.

이것을 본래 써 놓았던 글과 견주어서 읽어 보면 얼마나 나아졌는가를 알 수 있습니다. 이 작품은 아직도 몇 군데 문제가 되는 곳이 있지만 여기서 다 말할 수는 없어 이만해 둡니다.

다음 시를 읽고 줄일 데가 없는지 생각해 보세요.

소쩍새 김명숙 경북 의성 하령초 6학년

우리 집 뒷산에서
우는 소쩍새

우리 집 앞산에서
우는 소쩍새.

언제나 갈라져서
슬프게 우는
북한 새와 남한 새.

언제 통일이 되어서
뒷산 소쩍새와
앞산 소쩍새가 만날까?

소쩍새 두 마리
한 집 식구이면서도…….

떨어져야 하는
애달픈 두 마리의
소쩍새의 울음소리.

    이 시는 맨 마지막의 연에서 "두 마리의"와 "소쩍새의"의 토 "의"를 없애는 것이 좋겠습니다. 그래서 '떨어져야 하는/ 애달픈 두 마리/ 소쩍새 울음소리' 이렇게 하는 것이 훨씬 시원스럽게 읽힐 것이라 생각합니다.

3

이렇게 써야 시가 되지요

본 것 쓰기

앞을 못 보는 장님은 얼마나 답답할까요? 우리가 두 눈을 가지고 세상의 온갖 만물을 볼 수 있다는 것은 정말 행복한 일입니다.

그런데 사람들은 똑같은 나무를 보아도 예사로 지나치면서 아무런 느낌을 가지지 못하는 사람이 있는가 하면, 남다른 것을 보고 남다른 깊은 느낌을 가지는 사람이 있습니다. 왜 그럴까요? 마음이 열려 있어, 보는 그것을 마음에 안아 들이기 때문입니다.

깊이 보고, 마음을 열어서 보고, 그 상대편이 되어서 보세요. 그렇게 본 것을 그렇게 본 대로 살아 있는 말로 쓰세요. 그래서 그것을 보지 못한 사람도 자기가 보았을 때 받은 감동을 그대로 받을 수 있도록 해 보세요.

남들이 예사로 보는 것을 잘 보면

지렁이 여두현 경북 경산 부림초 6학년

비가 왔다.
하도 심심해서 밖에 나가 보니
지렁이 한 마리가 오몰락 오몰락
기어가고 있었다.
막대기로 건드려 보니
아까부터 오몰락 하던 지렁이가
몸을 숨기려고 돌돌 감았다.
가만히 두니 늘어났다 줄어들었다
앞으로 나간다.
지렁이 지나간 길이 반지르하게
표시가 난다.
그 앞에 큰 돌이 하나
지렁이 앞을 가로막고 있었다.
돌을 치워 주니 고맙다는 듯이
굴룩 굴룩 하면서
땅속에 드간다.
땅을 파 보니 땅속에서

더 잘 움직였다.

지렁이가 기어가는 모양을 자세하게 살펴보고 쓴 시입니다. 비가 온 뒤 길을 걸어가면 흔히 땅 위에 지렁이를 보게 되지만 그것을 눈여겨 들여다보는 사람은 없습니다. 누구든지 예사로 보고 지나치는 것도 잘 보고 그렇게 본 것을 자세하게 쓰면 좋은 글이 되지요. 아니, 남들이 잘 보지 않는 것일수록 그것을 쓰면 재미있게 읽히는 글이 됩니다.
"오몰락 오몰락" 이것은 지렁이가 기어가는 모양을 시늉한 말입니다. "굴룩 굴룩" 이것은 지렁이가 땅속에 들어갈 때 낸 소리겠지요. 이런 시늉말도 잘 썼습니다.

이슬방울을 들여다보고

이슬집 허병대 경북 경산 부림초 3학년

아침에
풀잎에
이슬집이 생겼다.
살짝 건드리면
풀잎을 타고

쪼르르 내려온다.
큰 집에 들어간다.
큰 집은 무거워
땅에 뚝
떨어진다.
큰 집은 무너지고
작은 집만
매달려 있다. (1988. 5.)

이 어린이는 이슬방울을 이슬집이라고 했습니다. 간들간들 매달려 있는 그 이슬집이 하도 고와 손가락으로 살짝 풀잎을 건드려 보았습니다. 그러니까 이슬집은 풀잎을 타고 쪼르르 내려갑니다. 내려가다가 거기 있는 큰 이슬집에 쪽 붙어 버려 하나가 되었습니다. 그러나 그 큰 이슬집은 무거워 그만 땅에 뚝 떨어지고, 작은 이슬집만 매달렸습니다.

비가 온 뒤나 이슬 내린 아침에 풀밭에 가서 풀잎을 잘 들여다보세요. 이 시에 나타난 이슬집 얘기가 정말이구나, 하고 깨달을 것입니다. 시는 이렇게 실제로 겪어 보지 않으면 쓸 수 없는 느낌을 써야 좋은 시가 됩니다. 그리고 무엇을 볼 때는 아주 깊이 자세히 보고, 그 모양과 색깔과 느낌을 남달리 잘 잡으면 더욱 훌륭한 시를 쓸 수 있습니다.

하늘과 땅, 그 크고 넓은 세상

비 고광빈 서울 월천초 4학년

비가 왔다.
비가 오니
하늘이 파래지고
하늘이 파래지니
풀들이 파래진다.

비 온 뒤 하늘을 쳐다보고, 땅을 바라보고, 세상이 온통 파랗게 되었네요!

"비가 왔다./ 비가 오니" 이렇게 쓴 것은 지금 비가 오고 있는 것을 말한 것이 아니라 비가 오고 난 뒤, 곧 비가 갠 때를 말한 것입니다.

그리고 이것은 조그만 어느 한 가지를 보고 쓴 것이 아니라 멀리 있는 것, 아주 크고 넓은 하늘과 땅을 보고 쓴 것입니다.

보지 않고는 쓸 수 없는 말

해 정진영 경북 울진 죽변초 5학년

새벽에
해가 떠오른다.
벌건 해가 떠오른다.
푸른 바다 한가운데
벌건 줄이 생겼다.
바다가
해를 밀어 떠오르게 한다.
세상이
훤하게 밝아 온다.

"푸른 바다 한가운데/ 벌건 줄이 생겼다"고 썼는데, 실제
로 본 사람만이 쓸 수 있는 말입니다. "바다가/ 해를 밀어
떠오르게 한다"고 쓴 것도 잘 보았습니다.

　그런데 새벽에 본 바다도 "푸른" 빛일까요? 바다라고 하
면 누구나 '푸른 바다'라고 쓰니까 누구나 쓰는 버릇대로 따
라 썼다면 잘못이지요. 본 대로 정확하게 써야 합니다.

그림과 시

대나무 전미정 경북 예천 용궁초 6학년

옆집 담 옆에서
자라는 튼튼한
대나무

할아버지도
마당에서 서서
대나무 보신다.

할아버지
담배 연기가
옆집 담을 넘는다.

　어느 한순간에 본 것을 마치 사진을 찍듯이 잡아 놓았습니다. 한 폭의 그림 같은 시라고 할 수도 있겠지요. 그런데 이 그림에는 정성이 좀 모자랍니다. 대나무가 어떤 모양을 하고 있는지 눈앞에 뚜렷이 떠오르지 않습니다. 그냥 "튼튼한/ 대나무"만으로는 너무 판에 박힌 표현이지요. 할아버지 모습도 그렇고, 담배 연기도 좀 더 그 모양이 제대로 잡혀야 할 것입니다. 결국 사물을 '깊이' '마음으로' 보지 못했다고 할 수 있습니다.

어린이들이 미술 학원 같은 데서 배우는 그림이 흔히 이런 것이 아닌가 생각합니다. 먼저 그리는 내용을 여기저기 배치해 짜는 것부터 배우고, 하나하나 그림은 누구나 그리는 모양으로 똑같은 판으로 찍어 내듯이 그리는 그림입니다. 그림을 이렇게 그리는 것도 잘못이지만, 더구나 시를 쓸 때 미술 학원에서 그림을 그리듯이 써서는 결코 될 수 없습니다.

사랑이 없으면 보이지 않아요

화분 이경수 서울 삼성초 5학년

그렇게 목말라
노랗게 잎 타던
창턱 화분 꽃

비 오는 날
봉긋하게
내 꿈처럼 부푼다.

나비 되어
날아가고 싶은
화분 꽃 작은 꽃

비 마시고
바람 먹고
봉긋하게
날개 단다.

　오랫동안 물을 못 받고, 비도 안 와서 잎이 타들어 가던 화분의 꽃이 비를 맞고 살아나는 것을 보고, 그 기쁨을 나비가 되어 날개를 달고 날아가고 싶어 한다고 말했습니다. 그런데, 어떤 모양과 어떤 색깔을 한 무슨 꽃일까요?
　"봉긋하게/ 내 꿈처럼 부푼다"고 했고, "나비 되어/ 날아가고 싶은" "작은 꽃"이라고 했고, "봉긋하게/ 날개 단다"고 했지만, 뚜렷하게 그 꽃 모양이 나타나지 않습니다. 이것은 어떤 꽃이라도 다 맞게 되어 있으니, 이래서는 시가 안 됩니다. 실제로 꽃은 보지 않고 머릿속 생각만으로 만들어 썼다고도 할 수 있지요. 또 화분의 꽃은 물을 가끔 주어야 합니다. 그런 정성이 없으면 화분의 꽃을 갖다 두어서는 안 됩니다. 비가 안 오면 잎이 타도록 해 놓고, 비가 오니까 그제야

꽃의 기쁨을 글로 쓴다는 것은 좀 이해가 안 됩니다. 자연을 이해하지 못하고 생명을 한갓 장난감으로 즐기거나, 시를 손끝으로 만들어 내는 글이 하도 많아서, 쓴 약이 몸에 좋을까 싶어 이런 말을 합니다.

머리로 말을 만들지 말고

이슬 김은정 서울 은석초 5학년

초록빛 미끄럼에서
또르륵
미끄럼 타는
푸른색
동그란 아이
이슬

초록빛 그네에서
대롱대롱
그네 타는
맑은 색
동그란 아이

이슬

초록빛 높은 발판에서
툭
뛰어내려
갈색 이불로 떨어진
빛나는
동그란 아이
이슬

　풀잎에 매달린 이슬방울을 "동그란 아이"라고 했습니다.
그 동그란 아이는 푸르고 맑고 빛나는데, "갈색 이불"인 땅
에 떨어집니다. 이것은 앞에 나온 '화분'보다는 좀 뚜렷하게
나타나도록 썼습니다만, 마찬가지로 어떤 감동을 가슴으로
느낀 것이라기보다 머리로 말을 만들었다는 느낌이 듭니다.
삶 속에서 실제로 보고 느낀 것을 머리로 꾸미지 말고 그대
로 토해 내듯이 써 보세요. 그러면 감동이 더 생생하게 살아
납니다.

　남달리 본 것을 써야

비누방울 백흠천 대구 논공초 2학년

비누방울이
하늘 위로 지나가네.
바람이 부니
비누방울은
둥실둥실
하늘 위로 날아가네.
나는 기분이 좋다.
하늘 위로 날아가니
하늘은 무지개 같다.

하늘에 날아가는 비눗방울을 쳐다보는 즐거운 마음을 나타냈습니다. 좀 더 남달리 본 것, 남달리 느낀 것을 쓸 수는 없었을까요?
비눗방울은 한 개가 날아갔는가? 여러 개가 날아갔는가? "나는 기분이 좋다"고 했는데, 기분이 좋아서 어떻게 했던가요? "하늘은 무지개 같다"는 말도 꼭 맞는 말인지 생각해 보아야겠어요.

오랫동안에 본 것

까치집 윤형용 대구 논공초 6학년

까치 두 마리가
까치집을 만든다.
까치 두 마리는
어디론지 날아갔다.
조금 있으니까
까치 한 마리가
나뭇가지를
입으로 하나 물고 왔다.

그 나뭇가지를
하나씩 하나씩 쌓았다.
또 한 마리가 왔다.
그 나뭇가지를 가져오더니
너무 길어서인지
까치 두 마리가
나뭇가지를 물더니
'뚝' 하고 뿌러뜨렸다.
참 신기하고 재미있다.
계속 그렇게 쌓았다.

나는

한 시간쯤

그 자리에서 계속 봤다.

이번에는

우리 집 뒤에 있는

짚을 물어다 넣었다.

이젠 짚도 넣고 나뭇가지도 날랐다.

이번에는

어디론가 가더니

통 나타나지 않았다.

아무리 기다려도 오지 않았다.

웬일일까?

나뭇가지를 못 구했을까?

기다리는 것이 지루해

방에 들어갔다.

한참 있다 나가 보니

집을 다 지었다.

시계를 보니 세 시간 정도 걸렸다.

그 까치집은

세 시간 만에 다 지었다.

이제부터는

까치둥지다.

나는 "까치둥지!" 하고

소리를 한 번 질렀다. (1990. 4.)

까치가 집을 짓는 것을 참 잘 보았군요. 긴 나뭇가지를 두 마리가 물고 부러뜨린다는 것도 놀라운 발견입니다. 그런 이야기는 어느 책에도 씌어 있지 않아요. 우리가 자연을 잘 살펴보면 얼마든지 재미있고 새로운 사실을 찾아낼 수 있습니다. 까치가 집을 짓다가 한참 동안 어디 가서 오지 않는 것은 무슨 까닭일까? 일을 몇 시간이나 했으니 어디 가서 먹이를 찾아 먹고 물도 마시고 쉬었다가 왔는지도 모르지요. 무엇이든지 잘 보면 이렇게 좋은 시를 쓸 수 있습니다. 다만 한 가지, 그 까치집이 무슨 나무 위에 지어졌던가요?

흔히 하는 말을 쓰지 말고

구두닦이 아저씨 한원섭 경북 경산 부림초 5학년

주차장 뒤의 길 한구석에

구두닦이 아저씨

나이는 사십 살쯤 된 것 같다.

얼굴엔 산골 같은 주름살.

청년이 와서

"어이, 구두 좀 닦아."

아저씨는 열심히 닦았다.

저거 말라꼬 닦아 주노

사람을 사람처럼 여기지도 않는데.

아저씨 보고 괜히

내가 화를 냈다.

아저씨는 시커먼 얼굴로

구두만 보면서

열심히 열심히 구두를 닦았다.

그 청년의 마음도

빤질빤질하게 윤낼 듯이

닦고 있었다.

　구두닦이 아저씨가 한 청년에게 멸시당하는 것을 분하게
여긴 마음이 잘 나타나 있습니다.

　"얼굴엔 산골 같은 주름살." 주름살을 나타낸 아주 근사
한 말 같지만, 이것은 실제로 느낀 말이 아니라고 봅니다.
사십 살쯤 되는 사람이 얼굴에 그렇게 주름살이 생겼는지
모르지만, 주름살이 나 있다고 하더라도 "산골 같은 주름

살"이라는 말은 맞지 않고, 흔히 하는 말을 썼다는 느낌이 듭니다. 시는 흔히 남들이 하는 말을 써서는 안 됩니다.

"아저씨는 시커먼 얼굴로"이 말도, 과연 시커먼 얼굴이었을까요?

"그 청년의 마음도/ 빤질빤질하게 윤낼 듯이"이 말만은 잘 썼습니다. 정말 그런 마음으로 닦았을 것 같은 느낌이 듭니다.

좀 더 자기가 본 그대로, 느끼고 생각한 그대로 정확하게 쓰려고 애쓴다면 아주 좋은 시를 쓰게 될 것입니다.

얼굴만 봐서야

아주머니의 얼굴 임선양 서울 성일초 6학년

시장에서 장사하시는
아주머니의 얼굴을
나의 어머니로 보기에는 참
힘들어요.
아주머니의 얼굴에는 주름살은 셀 수 없이 많았고,
얼굴은 얼어서 빨갰다. 손은
장갑을 끼셔서 볼 수가 없었지만

분명히 동상 걸린 아주 마른 손일 것이다.

아주머니께서 왜 이렇게 일하실까?

누굴 위해……

아마 집에 있는 자식들을 위해

일하실 거예요.

아주머니의 얼굴을 뚫어지게 보다가

아주머니께서 "뭘 줄까?"

하는 물음에

"아니예요." 하고 대답만 했다.

근심으로 가득한 아주머니의 얼굴이

언젠간 환한 웃음으로 바뀌길 빌께요. (1988. 11. 30.)

　아마도 선생님께서 "시장이나 길가에서 고생하면서 장사하시는 아주머니들을 자기 어머니처럼 생각해서 잘 보아라"고 말씀하셨던 모양이지요. 참 훌륭한 숙제를 내어 주신 선생님이지요. 그런데 아주머니를 자기 어머니처럼 여기고 잘 보라고 하신 것은 그 아주머니의 얼굴만 보라고 하신 말이 아닐 것입니다.

　"아주머니의 얼굴을 뚫어지게 보다가" 하고 쓰기도 했는데, 얼굴뿐 아니고 옷차림, 앉은 자리, 팔고 있는 물건 같은 것도 살펴보아야지요. 그래야 아주머니의 생활과 마음 같은 것도 짐작할 수 있게 될 것입니다. 그리고, 그렇게 보는 데 그치지 않고 아주머니께 인사를 하고 이야기를 해 보면 더욱 좋을 것이고, 그렇게 하면 더 많은 것을 알게 되고, 정말 선생님이 하신 말씀대로 아주머니를 자기 어머니와 다름없는 친근한 분으로 여길 수 있겠지요.

또 시장에서 장사하는 아주머니를 보고 와서 쓰는 것이지만, 시를 쓸 때는 지금 막 시장에 가서 그 아주머니를 보고 있는 마음으로 곧, 아주머니를 보고 있던 그때로 돌아가서 쓰는 것이 좋겠습니다.

그러니까 "아주머니의 얼굴에는 주름살은 셀 수 없이 많았고,/ 얼굴은 얼어서 빨갰다"고 쓴 이 대문은 '아주머니 얼굴에 주름살은 셀 수 없이 많고, 얼굴은 얼어서 빨갛다' 이렇게 쓰는 것이 좋겠습니다. 그다음, "장갑을 끼셔서 볼 수가 없었지만"이라고 쓴 것도 '장갑을 끼셔서 볼 수가 없지만' 이와 같이 쓰는 것이 좋겠습니다. "아주머니의 얼굴"은 "의"를 없애고 '아주머니 얼굴' 하면 되지요. 이렇게 쓰는 것이 실제 입으로 하는 말이 된다는 것도 알아 둘 필요가 있습니다.

끝으로 한 가지만 더 말해 둘 것은, 첫머리에 나오는데 "나의 어머니로 보기에는" 하고 쓴 말에서 "나의 어머니"라고 한 것은 서양 사람들이 하는 말법을 따라서 쓰는 것입니다. 우리 말로는 '나의 어머니'가 아니고 '우리 어머니'입니다. 이것도 어른들이 말을 잘못 써서 자꾸 그 잘못된 말을 퍼뜨리기 때문에 아이들까지 따라 쓰게 된 것입니다. '나의 아버지' '나의 집' '나의 학교'도 '우리 아버지' '우리 집' '우리 학교'라고 써야 우리 말이 됩니다.

들은 것 쓰기

우리는 아침에 깨어나서부터 밤에 잘 때까지 날마다 끊임없이 온갖 소리를 듣습니다. 차 소리, 비행기 소리, 공장의 기계 소리, 사람들의 노랫소리, 이야기 소리, 고함 소리, 웃음소리, 울음소리……. 같은 차 소리도 차마다 다르고 때와 곳에 따라 다르지요. 도시에서 사람들이 내고 있는 이런 소리뿐 아니라 산과 들에 나가면 온갖 자연의 소리를 들을 수 있습니다. 물소리, 바람 소리, 빗소리, 새소리, 벌레 소리, 짐승들의 소리……. 물소리도 물마다 다르고, 바람 소리도 새소리도 벌레 소리도 천 가지 만 가지로 다릅니다. 그렇게 다른 소리를 다르게 우리는 글로 쓸 수 있고, 그렇게 달리 써야 좋은 글이 됩니다. 더구나 시는 들은 소리를 들은 그대로 써야 재미있는 시가 됩니다.

봄소식 안고 온 개구리 소리

개구리 김경미 경북 봉화 서벽초 6학년

개골개골 개구리 울음소리
개구리 울음소리가 어디서 날까?

개구리는 우리가 여기 있어요.
하는 것처럼 울어 대죠.

고개 돌려 보면 논에서 울지요.
벌써 봄소식을 안고 와서 울지요.

　개구리 소리를 듣고 쓴 시입니다. 이른 봄 들길을 가다가
어디서 개구리가 우는 소리를 들었습니다. 아, 벌써 개구리
가 봄소식을 안고 와서 우는구나, 하고 돌아보니 "개구리는
우리가 여기 있어요" 하는 것처럼 논에서 울어 댄다고 했습
니다. 이 말에는 개구리를 그리운 동무를 만난 것처럼 반가
워한 마음이 잘 나타나 있습니다.
　이 시에는 개구리 소리를 그냥 "개골개골" 하고만 썼습니
다. 그러나 그 개구리 소리에 깊은 정을 느꼈고, 그런 정이

이 시를 쓰게 했습니다.

가을밤 벌레 소리

가을의 문턱 배정진 경북 성주 대서초 6학년

가을의 문턱에
들어서니
벌레들의 합창이
요란하네요.

찌르르 찌르르
찌릭 찌릭
간격을 맞춰
들려오는 벌레의 소리

아름다운 음악이 되어
들려오네요.

가을의 문턱에서
머물지 말고

낙엽이 날리며
서늘한 가을이 오라고

벌레들은 합창으로
재촉을 하네요.

    가을이면 온갖 벌레들이 아름다운 소리로 웁니다. 요즘은
농약을 마구 뿌려서 벌레들이 많이 죽었지만, 그래도 산골
에 가면 온갖 벌레 소리를 들을 수 있습니다. 이 시에는 벌
레 소리를 "찌르르 찌르르" "찌릭 찌릭" 이렇게만 나타내어
놓았는데, 여러 가지 벌레 소리를 귀담아 잘 듣고 쓴 것은
아닙니다. 가을밤에 들려오는 벌레 소리를 잘 듣고 그것을
한번 적어 보세요. 그러면 재미있는 시가 될 것입니다.

제멋대로 이야기를 만들지 말고

귀뚜라미 배윤정 경북 성주 대서초 6학년

찌릉 찌릉
찌르릉 찌르릉

귀뚜라미 노래자랑이
열렸네.

아기 귀뚜라미가
일등으로 뽑혔네.

찌릉 찌릉
찌르릉 찌르릉

수쩍 수쩍
아기가 다시 노래를
부르자

참새들도
장단을 맞춰 주네.

이 시는 귀뚜라미 소리를 듣고 썼습니다. 귀뚜라미 소리
는 "찌릉 찌릉" "찌르릉 찌르릉" "수쩍 수쩍"으로 나타났습
니다. 귀뚜라미 소리를 "수쩍 수쩍"이라 한 것이 재미있고,
잘 들어서 잘 붙잡은 말이 되었습니다. 그런데 그 귀뚜라미
소리를 들었을 때 느낌을 잘 나타내려고 하지 않고 너무 제

멋대로 이야기를 만들어 썼습니다. 그래서 엉뚱하게 참새까지 나와 버렸습니다.

어미 소가 토하는 아픈 울음소리

교통사고와 소 김성식 대구 논공초 6학년

으우움머 으우움머
성배네 소가 슬피 운다.
얼마나 슬플까?
새끼 잃은 저 어미 소
그 귀엽던 송아지가
8톤 트럭에 박혀 죽었다.
혀를 내놓고 죽었다고 한다.
엄마를 두고
하늘 나라로 간 송아지
새끼를 잃은 어미 소
다 불쌍하다.
으우움머 으우움머
성배네 소는 계속 운다.
교통사고는

짐승에게도 슬픔을 주고 있다.

교통사고로 가엾게도 송아지가 죽었군요. "8톤 트럭에 박혀" "혀를 내놓고 죽었다"는 송아지. 정말 "교통사고는/ 짐승에게도 슬픔을 주고" 있습니다. "으우움머" 하고 슬피 우는 어미 소의 울음소리가 자꾸 들려오는 듯합니다.

참 잘 썼습니다. 더구나 송아지를 잃은 어미 소가 견딜 수 없이 토해 내는 울음소리를 "으우움머 으우움머" 하고 잘 나타내었습니다.

다만 "계속"이란 중국글자말이 좀 마음에 걸리는군요. 나같으면 '자꾸'라 쓰겠습니다.

들은 이야기

비가 오면 안동림 경북 봉화 석포초 3학년

할머니께서
살아 계실 때는
비가 오기만 하면
천장에서 떨어지는
빗방울을 받아

요강을 씻었답니다.

    들은 것을 그대로 적어 놓은 시입니다. 할머니의 삶을 생각하게 합니다. 좀 더 들어서 적었더라면 하는 아쉬움이 있습니다.

    그리고 "할머니께서"는 '할머니가'라고 쓰는 것이 좋겠습니다. 우리가 말을 할 때는 '할머니가' 하기 때문입니다.

겪은 일 쓰기

보고 들은 것도 겪은 일입니다. 그러나 여기서 겪은 일이라고 하는 것은 바로 몸을 움직여 행동한 것을 말합니다. 일을 하거나 뛰놀거나 하는 것이지요. 공부를 하더라도 가만히 앉아서 읽고 쓰고 외우는 공부가 아니라 손으로 만들고 조사하고 실습하고 하는 공부를 말합니다. 가만히 앉아서 보고 들은 것을 쓰는 것보다 이렇게 몸으로 행동한 것을 쓰는 것이 훨씬 더 살아 있는 말이 되고 시가 될 것은 말할 것도 없습니다. 이런 시가 많아야 하는데 도리어 적습니다. 그 까닭은 우리 어린이들이 언제나 읽고 쓰고 외우는 공부만 하기 때문입니다. 시도 '동시'라 해서 어른들 쓴 것을 흉내만 내지요. 그러니까 진짜 시를 쓰기 위해서도 밖에 나가 뛰어놀고 일해야 합니다.

한순간에 일어났던 일

막대기 지동수 경북 경산 부림초 3학년

아버지가 막대기를
가져오라고 하신다.
엄마가 누나 방으로
들어가라고 하신다.
나는 그래도
가기 싫다고 했다.
나를 때리는 게 아니고
나무를 받쳐라고
하는 것이다.
휴우, 살았다.

아버지가 막대기를 가져오라고 하신 것이 아들을 때리려
하신다고 생각한 어머니는 아들을 생각하여 누나 방으로 숨
으라고 하셨습니다. 그러나 아들은, 잘못했으면 맞는 것이
당연하다고 생각했는지, 누나 방에 가기 싫다고 했습니다.
그런데 알고 보니 아버지가 때리려고 하신 것이 아니고 무
슨 일을 하시다가 아들의 도움을 얻고 싶어 막대기를 가져

와 받치라고 하신 것이었습니다. 이래서 마음을 놓고 휴우, 한숨을 쉬었다고 합니다. 농촌에서 일하면서 살아가는 한 가정에서 어느 한순간에 있었던 일이 잘 나타난 시입니다.

한 가지 일을 잡아서

우리 집 토끼 김경태 경북 봉화 송림초 3학년

할머니가 안강 장에서 사 오신
토끼 두 마리
내가 근방에만 가도 목을 빼지요.
내가 하수도에서 오줌 눌 때도
빤히 바라보지요.
꼭 웃는 것 같아
혼내 줄려고 문을 열면
오히려
물 묻은 내 손을 살살 핥아 주어요.
그러면
나는 토끼의 머리를 톡톡 건드리면서
배추 잎을 넣어 주어요.
할머니가 사다 주신 우리 토끼는

나만 보면
먹을 것을 달라고
입을 쫑긋거려요.

　신문이나 책에 나오는 동시 쓰는 흉내를 내어 말을 만들
어 내지 않고 실제로 자기가 한 것을 쓴 것이 좋고, 그래서
읽을 맛이 납니다. 토끼를 귀여워하는 마음도 잘 나타났어
요.
　그런데 어느 때 어느 곳에서 어떤 행동을 해서 어떤 일
을 당했다든지, 보았다든지 하여 한 가지 일을 뚜렷하게 써
야 합니다. "근방에만 가도……" "문을 열면……" "나만 보
면……" 이렇게 언제든지 있는 일을 설명하는 것같이 써서
는 시가 안 됩니다.

괴로운 일, 억울한 일도

회초리가 활개 친 하루 심유신 서울 성일초 6학년

오늘은 정말 무섭고 아팠다.
시험지를 가지고 갔는데
엄마한테 굉장히 맞았다.

"초등학교 마지막 시험이야,

정신 차려야지.

도대체 이게 뭐야?"

"찰싹, 찰싹."

재은이는 회초리를

13대 맞고

나는 몽둥이로

아무 데나 막 맞았다.

정말 무서웠다.

엄마가 시험지 가지고 와서

때리신 적은 요번이 처음이다.

정말 이럴 줄은 몰랐는데

정말 오늘은 무서웠다.

회초리, 몽둥이가

활개 친 하루였다. (1988. 11. 30.)

시험 점수가 나쁘다고 회초리와 몽둥이로 아이를 때리는
어머니는 폭력을 휘두른 어른입니다. 어른들의 이런 폭력에
어린이들은 어떻게 맞서서 견디고 이겨 낼 수 있을까요?
　모두가 얻어맞으면서 자라나야 하는 이 괴상한 세상에서
는 맞는 것도 몸과 마음을 튼튼하게 단련하는 하나의 길일

수밖에 없습니다. 그리고 괴로운 일, 억울한 일이 있을 때마다 이렇게 시를 써 보세요. 시는 이래서 어린이를 구원하는 빛이 됩니다.

시에서 마지막 두 줄은 없어도 되지 않을까 생각합니다.

답답한 일도 시로 풀어야

의심 전효진 경기 안성 백성초 5학년

공부를 잘 못하는 내가
10월 말 고사에서 84점을 받으니까
아이들이 의심했다.
얼마나 창피했는지 모른다.
선이는 내가 성숙이 걸
보고 했다고 했다.
난 가슴에 손을 얹고서
안 보고 했다고 말했더니
아이들이 비웃었다.

흔히 쓰는 시험 점수 이야기가 아니고, 자기만이 겪은 일과 느낌을 썼기에 좋은 시가 되었습니다. 공부를 못하다가도 잘할 수가 있고, 잘하다가도 못할 수가 있지요. 잘하는 아이는 언제나 잘하고, 못하는 아이는 언제나 못한다고 생각하는 태도가 아주 잘못되어 있습니다. 그러나 점수를 잘 받은 것을 의심한다든지 하는 것은 남이 잘하는 것을 싫어하고 미워하는 마음이 그런 태도로 나타난 것이 아닐까요? 어쨌든 그런 태도는 사람답지 못하니 마음 쓸 것 없습니다. 공부한 것을 점수로 매긴다는 것부터 잘못되어 있습니다.

누구나 겪는 일 속에도 진실이

삼촌 김영롱 충남 천안 성신초 6학년

삼촌이 돌아가실 적에
나는 엉엉 울었다.
누가 죽었는지도 모르고 어른들이
울길레 따라 울었다.

그러나 숟갈을 놓을 적에
일곱 개를 놓다가 여섯 개를 놓으니
가슴속에서
눈물이 왈칵 나왔다.

이 시에는 두 가지 눈물이 나타나 있습니다. 첫째 연은 삼촌이 막 숨을 거두었을 때 어른들이 울어서 따라 운 것이고, 둘째 연은 밥을 먹을 때 늘 놓던 식구 수대로 숟갈을 일곱 개 놓았다가 삼촌이 없다는 것을 깨닫고 여섯 개를 놓는 순간 갑자기 왈칵 쏟아졌다는 눈물입니다. 두 가지 눈물을 견준 것이 재미있고, 또 이것은 진실입니다. 누구든지 겪을 듯한 일이지만 아무도 쓰지 않았던 것을 잘 잡았습니다.

혼자 겪고 혼자 느끼고

소똥 신용빈 경남 거창 샛별초 5학년

집으로 걷고 있다.
모르고 소똥을 밟았다.
소똥 모르고 밟으면
재수 좋다는 생각이 났다.

사실이었다.
밟고 나서 오백 원을 주웠다.
정말 미신도
믿을 때가 있구나 하고 생각했다.

이치에 맞지 않는 일이라도 그것을 믿는 일이 더러 있습니다. 이것은 우리들 마음속에 감춰진 진실이라 하겠습니다. 시는 이치를 따져서 쓰는 것이 아니라 마음의 진실을 쓰는 것이니까요.

혼자서 겪고 혼자 느낀 일, 그러면서 누구나 참 그렇지, 나도 그런 일이 있었는데 하고 느끼게 하는 글, 이런 것이 시입니다.

아무도 쓰지 않았던 일

코딱지 최원식 서울 성일초 6학년

코딱지를 파도 파도 계속 나온다.
코딱지를 파다 보면 코딱지 놓치게 된다.
그때는 코딱지가 콧구멍 속으로 쏙 들어가 숨을 못 쉬게 하는 코딱지.
찐덕찐덕한 코딱지는 참으로 갖고 놀기에 좋다.
코딱지를 파면 코딱지를 어따 놀지 몰라 부끄러워 몰래 가구 밑에 쳐넣는다.
코딱지는 날 부끄럽게 만드는 괴물이다. (1988. 8. 29.)

우습지만 진실이 들어 있는 시입니다. 교과서나 잡지나 신문에 나오는 글만을 읽어 온 사람, 흔히 쓰는 꽃 이야기나 구름 이야기같이 남들이 곱게 봐 줄 것 같은 글만을 써 온 사람들이 이 시를 읽으면 놀라겠지요. 아무도 안 쓰는 것, 그런 짓을 누구나 하면서도 부끄럽다고 덮어 두는 것을 이렇게 재미있고 우습게 쓰면서 무엇인가 생각하게 하도록 한 것이 훌륭합니다.

생각한 것 쓰기

무엇을 보고 들었을 때나 행동을 했을 때는 반드시 어떤 느낌이 우러나오고 생각이 생겨납니다. 이럴 때 바로 그런 느낌이나 생각을 쓰지 않아도 보고 듣고 움직인 것을 쓴 말 가운데에 저절로 느낌과 생각이 나타나 있기도 합니다. 그러나 대개는 느낌과 생각을 함께 쓰기가 예사이고, 또 더러는 느낌과 생각을 중심으로 쓰는 수도 있습니다. 문제는 느낌이나 생각을 쓴 말이 어느 정도 차지하고 있는가 하는 것이 아니라 얼마나 절실한 말이 되어 있는가, 자기 것이 되어 있는가, 깊이가 있는 말이 되어 있는가 하는 데 있습니다.

조그만 느낌이나 생각이라도 자기만이 가진 것을 찾아냈을 때 그것은 빛이 납니다.

어른들은 모르는 어린이 마음과 세계

그것만은 김광수 부산 연지초 6학년

친척들과 만나면
제일 걱정되는 게
"공부 잘하나?" 하고
물어보는 게
나는 제일 싫다.

그렇게 물어보면
대답을 잘 못 한다.
못하는데 잘한다고 할 수도 없고,
그렇다고 친척들 많은 데서
못한다고도 할 수 없으니

친척들을 만나면
그것만은 물어보지 않았으면
하는 생각이 든다.

인사란 것은 즐거운 마음으로 하는 것이고, 상대에게도

기쁨을 주어야 합니다. 그런데 어른들이 어린이들에게 "공부 잘하나?" 하고 묻는 것을 인사말로 여기고 있다는 것은 얼마나 어린이들의 마음과 세계를 모르고 있고, 무시하고 있는 것일까요. 이 시를 읽으니 새삼 어른들이 무지하고 어리석다는 것을 깨닫겠습니다. 아이들보고 인사 잘하라고 하면서 자기들이 하는 인사는 이 모양이니 말입니다. 공부란 것도 기껏해야 시험 점수 따는 것이지요.

첫째 연에서 둘째 줄은 지워 버려도 되겠지요. 아니면 다섯째 줄을 없애고, 넷째 줄을 '물어보는 것'이라 쓰면 되겠지요.

자기만 가진 느낌

과학실에 걸려 있는 액자 정윤희 부산 연지초 6학년

과학실에 가면
에디슨 사진이 걸려 있다.
나는 그 사진이 무섭다.
사진이 무서운 게 아니라
에디슨 얼굴이 무섭다.
항상 볼 때마다 무서운 느낌이

든다.

교실이나 교무실 벽에 걸려 있는 위인들의 사진에 대해서 어른들이야 어떤 생각을 하고 어떤 말을 들려주든지, 그런 어른들의 생각이나 이야기와는 상관없이 어린이 자신이 갖는 느낌이나 생각이 있는데, 그것이야말로 진짜이고 귀한 것입니다. 이 어린이가 에디슨의 사진에 대해 느낀 것은 그래서 시가 됩니다.

제목에 나오는 '액자'란 말은 '액틀'이라고 하든지 '사진틀'이라고 말하는 것이 좋겠습니다.

언뜻 스쳐 가는 느낌

행복 윤지영 경남 거창 샛별초 5학년

학원 갔다 오는 길에
누군가가 뒤에서
"아빠!"
하고 불렀다.

내 생각으로는

중학생 정도 되는
여자이다.

가면서
이야기를 들어 보니
"아빠,
나 왼쪽 발가락이 아푸여"
하면서 이야기를
나눈다.

겉모습으로 보아
부자는
아닌 것 같으나
무척
행복해 보인다.

이 세상에서
부자라고
다 좋은 것은 아니다.

그렇지요. 행복이란 것은 돈이 많고 적고, 재산이 넉넉하고 없고 한 데 있는 것이 아니지요.

길을 가다가 언뜻 들은 말, 흔히 예사로 듣고 흘려버릴 듯
한 말을 잘 잡았고, 그 느낌이 또 아주 티 없이 깨끗합니다.
그래서 좋은 시가 되었습니다.

동무를 생각하는 마음

강병삼의 눈물 박보경 서울 성일초 6학년

시험지를 받고
김소영 짝인 강병삼이
울었다.
난 처음에 강병삼이
왜 우는지 몰랐다.

아이들에게 물어보니
시험 때문이라고 했다.
쉬는 시간에도 막 울었다.
나도 시험을 못 봐서
걱정을 했지만
다 잊어버리기로 했다.

228

어제까지만 해도
걱정을 많이 했지만
점수가 사람의 마음보다
더 중요한지 생각해 보았다.

강병삼도 점수에 너무 신경을
쓰지 않았으면 좋겠다.
또 희망을 잃지 않았으면
좋겠다.

시험지를 받고 울고, 쉬는 시간에도 울었다는 아이의 마음은 얼마나 많은 걱정으로 꽉 차서 그럴까요? 어디 병삼이뿐이겠습니까. 시험으로 어린이들을 괴롭히는 어른들이 한없이 미워집니다. "나도 시험을 못 봐서/ 걱정을 했지만/ 다 잊어버리기로 했다"니 훌륭한 태도입니다. 병삼이를 생각하는 마음도 훌륭합니다. 진정이 담겨 있는 좋은 시가 되었습니다.

농촌 아기에 대한 사랑과 믿음

아기 유경미 경북 성주 대서초 6학년

아기가 논두렁에 앉아
발을 비비며 울고 있네요.
어려서 부모님 품에 안겨
젖도 한번 제대로 먹지 못한 아기.
그렇지만 자라서는 훌륭한
사람이 되겠지요.

농사를 짓는 부모님들은 일하기에 바빠서 아기를 논두렁
에 버려둡니다. 그러면 아기는 혼자 발버둥을 치며 울지요.
부모님 품에 안겨 젖도 제대로 먹어 보지 못하고 혼자 울면
서 자라나는 아기. 그러나 이 시를 쓴 어린이는 이런 아기가
앞날에 훌륭한 사람이 될 것이라고 말합니다. 가난한 농촌
에서 자라나는 아이들에 대한 사랑과 믿음이 듬뿍 들어 있
는 시입니다. 이런 사랑과 믿음은 같은 농촌에서 온갖 어려
움을 이겨 내면서 자라나고 있는 어린이만이 가질 수 있는
참으로 자랑스러운 훌륭한 마음이라 하겠습니다.

일하기와 시 쓰기

살아간다는 것은 일한다는 것입니다. 공부도 가장 재미있고 즐겁고 보람 있는 공부는 만들고 가꾸고 짓고 하는 것, 곧 일하는 공부입니다.

시가 삶에서 우러나오는 것이라면 마땅히 일하는 모습이 나타나고 일하는 기쁨을 보여 주는 시가 많아야 할 것인데 사실은 일하는 시가 아주 드뭅니다. 드물다기보다 거의 없습니다. 어른들이 쓰는 시도 그렇고 어린이가 쓰는 시도 그렇지요. 이것은 우리들 사람이 사는 사회가 크게 잘못되어 있고, 그래서 시가 잘못되어 있는 사실을 말해 줍니다.

어린아이들이야 일을 할 수 없지요. 다만 부모님이나 어른들이 일하는 모습을 보고 생각하고, 그것을 글로 쓰는 데서 일하는 생활이 귀하고 일하는 사람이 훌륭하다는 것을 깨닫게 될 것입니다.

자기가 일을 하지 않아도 어른들, 부모들이 일하는 것을 보고 쓴 시는 더러 있습니다. 여기 모아 놓은 시도 이런 작품입니다. 어디, 여러분 스스로 일을 해 보고, 그것을 시로 써 보세요.

어머니 손 냄새 어떻게 느꼈는지

우리 어머니 주성희 경북 월성 구길초 1학년

우리 어머니는
마흔일곱 살이다.

우리 어머니는
토요일만 되면 횟집에
돈 벌러 가신다.
그래서 우리 어머니 손에서
냄새가 난다.

토요일만 되면 횟집에 가서 일하시는 어머니, 그 어머니 손에서 나는 냄새는 횟집에서 일하시기 때문이지요.

이 글을 쓴 어린이는 어머니 손에서 나는 그 냄새를 어떻게 느끼고 생각했을까? 그것은 써 있지 않아서 알 수 없지만, 어머니를 생각한 마음이 나타나 있는 것은 분명합니다.

〈구길 어린이〉(구길초등학교)에 실려 있는 글은 "마흔일곱 살이시다"로 되어 있는데, 1학년 어린이답지 못한 말이라 어쩌면 지도하시는 분이나 옮겨 실은 분이 고쳤을 것 같기도 해서 "마흔일곱 살이다"로 했습니다. 또 마지막에 "우리 어머니의 손에서"라고 쓴 것도 "의"를 빼고 "우리 어머니 손에서"로 했습니다. 입으로 하는 말대로 썼을 것 같아서 그렇게 한 것입니다.

우리 엄마 훌륭하다

우리 엄마 이윤미 인천 십정초 2학년

우리 엄마는 미싱을 하신다.
우리 엄마는 일을 해도 땀이 나지 않는다.
너무 천천히 하는 것일까?
나는 처음에 이렇게 생각하였지만
가만히 살펴보니
빨리 하면서 힘들지 않게 하셨다.

나는 참 우리 엄마가
훌륭하다는 것을 알았다.

어머니가 일하시는 것을 참으로 잘 살펴보았고, 어머니를
아끼고 사랑하는 마음이 잘 나타나 있는 시입니다. 빨리하
면서도 힘들지 않게 일하시는 어머니를 알아낸 윤미도 훌륭
합니다.

그림같이 나타난 어머니 모습

어머니 박진희 경북 영천 영천초 2학년

어머니는 리아카 빵 장사를 한다.
어머니는 동생을 업고 빵 장사를 한다.
어머니는 빵 장사를 하며 밤을 깎는다.

교실에서 공부를 하다가 어머니 생각을 한 어린이가 쓴
글입니다. 석 줄로 된 이 글은 어머니 모습을 마치 사진같이
선명하게 한 장면씩 보여 주고 있는데, 그 어머니 모습이 우
리 눈앞에 선하게 보이는 듯합니다. 참으로 훌륭한 시가 되
었습니다. 나는 우리 어머니 생각을 한다든지, 우리 어머니

는 고생한다든지 하는 말이 한마디도 없지만, 이 어린이가
얼마나 어머니를 생각하고 있는지 잘 알겠습니다.

옷에 빵구가 나 있다

우리 아버지 백종철 경북 봉화 석포초 3학년

우리 아버지는
참 불쌍하시다.
회사에 가서
벌어 온 돈을
한 푼도 안 쓰시고
그대로 갖고 오신다.

우리 아버지가
회사에서 돌아오시면
옷에 빵구가 나 있다. (9. 29.)

일하시는 아버지, 알뜰하신 아버지의 모습이 잘 나타났습
니다. 그런데 "옷에 빵구가 나 있다"고 했는데, 옷 어느 곳
이 해어져서 빵구가 났는지, 알 수 있게 썼더라면 아버지 모

습이 더 잘 나타나겠지요. 또 "우리 아버지는/ 참 불쌍하시다"고 한 말은 좀 생각해 봐야겠습니다. 내가 보기로는 불쌍한 아버지가 아니고 참 훌륭한 아버지이십니다.

엄마 일 도와주면 춥지도 않고

우리 엄마 허남옥 서울 돈암초 5학년

엄마는 언제나 일찍 일어나신다.
우리가 정신없이 잘 때
엄마는 나가서 우리 위해
고슬고슬한 밥 지으신다.

찬물에다 손 담가 일하신다.
나는 그럴 때마다 나가
내가 설거지도 하고 도와드린다.
손이 시렵고 춥지만
엄마 도와드린다는 걸 생각하면
춥지도 않고 기분이 좋다.

어머니를 생각하는 마음이 잘 나타났습니다. "고슬고슬한

밥"이란 말이 좋고, 정말 삶에서 듣고 배운 말이라 생각됩니
다.

　이렇게 언제나 있었던 일, 날마다 되풀이하는 일을 쓰지
말고, 어느 날 아침에 본 어머니 모습과 자기의 느낌을 잡아
서 썼더라면 훨씬 더 감동을 주는 시가 되었을 것입니다.

시는 이야기글과 어떻게 다를까?

우리가 읽고 쓰는 글은 크게 두 가지—시와 이야기글(산문, 줄글)로 나눕니다. 초등학교 1학년 어린이라면 시와 이야기글을 나누지 않아도 됩니다만, 차츰 글을 많이 읽게 되고 쓰게도 되면 시와 이야기글을 나누어 볼 줄 알아야 하고, 쓸때도 나누어 써야 합니다.

시와 이야기글이 어떻게 다를까요? 보통으로 시는 아주 짧게 줄을 끊어서 쓴 것이라 알고 있고, 이야기글은 길게 달아서 쓴 글이라 알고 있습니다. 그래서 짧게 끊어서 쓰기만 하면 시가 된다고 보기 쉬운데, 그런 것이 아닙니다. 짧게 끊어 써도 이야기글밖에 안 되는 수가 있고, 길게 달아서 써도 훌륭한 시가 될 수 있습니다.

어떻게 써야 시가 되는지 알아봅시다.

설명하면 산문이 되고

우리 반 남자들 박혜진 경북 봉화 석포초 3학년

우리 반 남자들은
꼭 청개구리.

선생님 말씀도
잘 안 듣고
여자들을 잘
놀린다.

그렇지만
무엇을 빌려 달라고 하면
잘 빌려준다.
그럴 때면
어딘지 정이 난다.

　남자아이들의 성격과 행동을 잘 말했습니다. 그런데, 이렇게 쓰면 설명하는 글이 되어 버립니다. 시는 어느 때 어느 곳에서 있었던 일 한 가지를 잡아서 써야 합니다.

날마다 있는 일을 쓰면 설명이 되고

발 유창원 경기 부천 약대초 5학년

어머니는 매일
공장에 나가신다.
공장을 다 끝나고
집에 돌아오신다.
발을 담그신다.
발을 담그시면
시원하다고 하신다.
또 물집이 있으면
약을 바르신다.

이 글에는 어머니를 생각한다는 말이 한마디도 없지만 어
머니 생각하는 마음이 잘 나타나 있습니다. "공장을 다 끝
나고"는 '공장을 다 끝내고'로 써야 하겠지요. "발을 담그신
다"고 했는데, 발을 어디에 담그신다는 말인가요? 또 이것
은 날마다 있는 일을 쓴 것으로 되어 있는데, 이렇게 쓰지
말고, 어느 날 어느 때 어느 자리에서만 보고 느낀 것을 붙
잡아 써야 시가 됩니다.

어느 때 어느 곳에서 본 것을 써야

어머니의 고생 이상복 경기 부천 약대초 5학년

우리 어머니는 7시면
공장에 가신다.
우리는 8시면 학교에 간다.
힘들게 일하시는 어머니가 불쌍하다.
나는 집에 오면
공부를 하고 논다.
어머니는 집에 오면 시장에 간다.
그리고 부엌일을 하신다.
어머니가 불쌍하다.

고생하시는 어머니를 생각하는 마음이 잘 나타났습니다. 이 시도 언제나 되풀이하는 어머니의 일과를 설명하듯이 썼습니다. 어느 날 어느 자리에서 본 어머니 모습과 그때의 느낌을 쓰도록 해야 합니다.

들었던 말 들을 것 같은 말

엄마의 잔소리 이장욱 서울 묵동초 5학년

학원 가라.
공부해라.
공부해서 남 주냐.
다른 반 ○○를 봐라.
너는 어떻게
된 모양이니,
재잘재잘
엄마의 잔소리
끝도 없다.
언제쯤 잔소리가
그칠까.

　엄마들이 흔히 하는 잔소리를 듣기 싫어하는 마음을 쓰려고 한 것은 알겠어요. 그런데 어째서 감동이 나지 않을까요? 또 이런 걸 썼구나, 하는 느낌입니다. 어느 어머니든지 말할 것 같고 어느 아이든지 들을 것 같은 잔소리를 써서는 시가 안 됩니다. 언제, 어디서 자기가 바로 들은 말을 써야 시가 될 수 있습니다.

울었던 일도 그대로 보여 주도록

엄마 이효숙 경북 경산 부림초 5학년

아버지께서는
4년 전부터 편찮으셨다.
엄마께서는 그때부터
일을 시작하셨다.

삼일방직 공장에서
베 짜는 일을 하고
밤 10시에 눈꺼풀을 내리고
비틀비틀거리며 집에 온다.

베를 짜다가 다친 팔과
꺼칠꺼칠하고 꼬집어도
'아야' 소리 안 하는 손

이런 몸을 하고도 엄마는
'가기 싫다' 소리 한번 안 하고
끈질기게 일을 해요.

나는 엄마 몰래 울었어요.

어머니가 일하시면서 고생하시는 것을 생각해서 쓴 시입니다. 그래서 어머니가 언제나 고생하시는 것을 이야기로 풀이해 주는 말이 되었습니다. 워낙 애틋한 생각이라 읽는 사람의 마음을 움직이게 하기는 합니다만, 이렇게 쓰면 대개는 이야기글이 됩니다. 이렇게 쓰지 말고, 어느 때 어느 자리에서 어머니가 하시는 일을 본다든지, 어머니 손을 잡아 보거나 이야기를 듣는다든지 해서, 그렇게 한 것을 그대로 보여 주면 훨씬 더 감동을 주는 시가 될 수 있습니다. 마지막에 쓴 "나는 엄마 몰래 울었어요" 하는 말도 실제로 어느 때 어떤 모습을 보거나 이야기를 듣고서 울었다고 해야 정말 울었구나, 하는 느낌이 들지요.

"아버지께서는" "엄마께서는" 이렇게 '께서'를 붙여 놓은 것이 도리어 죽은 말이 되었습니다. 실제 말을 할 때는 '께서'를 안 쓰지요. 시는 입으로 하는 살아 있는 말을 써야 됩니다. 그렇게 '께서'는 알뜰히 붙이면서 "일을 하고" "집에 온다" 이렇게 썼네요. 이렇게 '하고' '온다'고 하는 말은 실제로 쓰는 산 말이지요.

이렇게 써야 시가 되지요

244

엄마의 런닝구 배한권 경북 경산 부림초 6학년

작은 누나가 엄마보고
엄마 런닝구 다 떨어졌다
한 개 사라 한다.
엄마는 옷 입으마 안 보인다고
떨어졌는 걸 그대로 입는다.

런닝구 구멍이 콩만 하게
뚫어져 있는 줄 알았는데
대지비만 하게 뚫어져 있다.
아버지는 그걸 보고
런닝구를 쭉 쭉 쨌다.

엄마는
와 이카노.
너무 째마 걸레도 못 한다 한다.
엄마는 새 걸로 갈아입고
째진 런닝구를 보시더니
두 번 더 입을 수 있을 낀데 한다. (1987. 5. 20.)

"대지비"는 '대접'을 말합니다. 런닝구를 하도 오래 입어서 구멍이 대지비만 하게 뚫어져 있는데도 그걸 버릴 수 없어 더 입고 싶어 하는 어머니의 태도와 마음을, 평소에 하는 말과 행동으로 설명하듯이 쓰지 않고, 어느 때 집에서 있었던 일을 그대로 보여 주면서 누나와 엄마와 아버지가 한 말도 그대로 적어 놓았습니다. 시는 이렇게 써야 하는 것입니다. 만약에 이 시를 이렇게 쓰지 않고 아래처럼 썼더라면 어떨까요?

우리 엄마는
다 떨어진 런닝구를
그대로 입고 다닙니다.

런닝구에 구멍이 대지비만 하게
뚫어져서
작은 누나가 그걸 볼 때마다
한 개 사라고 하고
아버지도 보기 싫다고 말하지만
엄마는 그대로 입고 다닙니다.

며칠 전에는 그만 아버지가

그 런닝구를 쭉 쭉 쨌습니다.
엄마는 할 수 없이 새 걸로 갈아입고
째진 런닝구를 아깝다 했습니다.
우리 엄마는 이렇게 옷이든지 신이든지
떨어져도 버릴 줄 모르고 아낀답니다.

이렇게 썼더라면 이것은 시가 아니고 산문이지요. 줄을 바꾸어 시 같은 꼴로 썼다고 해서 시가 되는 것이 아닙니다. 산문같이 쓰는 시도 있습니다.

이 시에는 어머니와 아버지가 한 행동, 누나와 어머니와 아버지가 한 말을 보고 들은 대로 썼을 뿐, 시를 쓴 아이의 생각은 적어 놓지 않았습니다. 그러나 이 아이가 어떤 생각을 가지고 있었는가 하는 것은 잘 알 수 있습니다. 만일 이 아이가 구멍이 뚫어진 런닝구를 그대로 입고 싶어 하는 어머니를 못난 어머니로, 부끄러운 어머니로 보았더라면 이런 시는 결코 쓰지 않았을 것입니다.

옷이고 신발이고 곡식이고 무엇이든지 입고 쓰고 먹고 하는 물건을 함부로 버리지 않고 아끼고 소중히 여기는 마음과 태도는 옛날부터 일하면서 살아온 우리 겨레의 것입니다. 무엇이든지 입고 쓰고 하다가 싫어지면 마구 버리는 마음은 사람답지 못한 마음입니다. 이 시는 우리 겨레의 마음

을 보여 주고 그것을 자랑스럽게 여기게 하는 참으로 훌륭
한 시입니다.

노랫말도 지어 보세요

광엽이와 성욱이 김성진 서울 성일초 6학년

광엽이는 말도 없이 오락실에 들어갔네.
온갖 재판 다 이기로 오락실에 들어갔네.
강성욱은 말도 없이 떡볶이를 사 먹었네.
온갖 재판 다 이기고 군것질을 하였네.
오락실에 광엽아, 지금도 오락하느냐?
오락하면 한번쯤은 뾰봉 하고 소리쳐 봐라.
떡볶이집 성욱아, 지금도 무얼 먹느냐?
떡볶이 먹으면 한번쯤은 사 줘 봐야 옳지 않겠나?
광엽인 광엽인
오락에 미쳐서
돈만 생기면 오락실에 들어가고,
성욱인 한나절 떡볶이를 먹으니
골치다 골치. 아주 큰 골치다.

이것은 어떤 곡에 맞추어 부르도록 쓴 노랫말입니다. 노랫말치고는 아주 재미있게 썼습니다. "온갖 재판 다 이기로"에서 "이기로"라는 말은 '이기러'란 말입니다.

이런 노랫말을 지어 보는 것도 참 재미있겠네요. 하고 싶은 말을 노랫말로 마음껏 써 보세요. 좋은 노랫말은 그대로 시가 되고, 또 시가 되어야 좋은 노랫말이 됩니다.

비판하는 정신을 담아

세상일, 사람들이 하는 일을 바로 보고 그것이 잘못되었다고 말하는 것을 비판이라 합니다. 비판은 우리가 살고 있는 사회를 살기 좋은 사회로, 참되고 올바른 사회로 만들어 가는 데 반드시 있어야 하는 사람다운 귀한 정신 활동입니다. 비판 없는 사회는 죽은 사회지요. 어린이가 모여 있는 사회, 학교와 학급 사회도 마찬가지입니다. 따라서 어린이들도 비판하는 마음을 길러야 합니다.

그런데 어린이들이 그 깨끗한 눈으로 세상을 보고 느낀 것을 그대로 정직하게 말하면 그것이 훌륭한 비판이 되기 예사입니다. 이런 어린이들의 소리를 슬기로운 어른들은 귀담아 듣고 많은 것을 깨닫습니다. 어린이가 쓰는 시는 이래서 저절로 비판하는 시가 되어 빛을 뿌립니다.

자유로운 마음으로 쓰는 시

가엾은 단소 조무연 대구 논공초 6학년

은순이가 단소를 가지고 왔다.
선생님은 은순이 단소를 빼앗아
폼만 잡고 소리는 못 낸다.
어쩌다 '피식'
허파에 바람이 들어가는 소리.
"하하하, 흐흐허."
교실은 웃음바다가 되지만
단소는 단소는 엉엉 울어 댄다.
"아이고 아이고, 우리 나라 고유 악기
나를 몰라보고."
"다른 사람도 아니고 선생님께서.
아이고 아이고 내 신세 내 팔짜야." (1990. 5.)

이 시를 쓴 무연이는 선생님을 이렇게 비판해도 선생님이
조금도 나쁘게 보시지 않는다는 것, 도리어 칭찬하실 거란
생각을 하는 거지요. 선생님에 대한 믿음이 깔려 있고, 이
교실의 즐거운 분위기를 느끼게 하는 좋은 시입니다. 이런

시를 쓰게 하는 선생님이 정말 훌륭하다고 생각합니다.

　한 가지 "우리 나라 고유 악기"란 말은 '우리 나라 악기'라고 쓰는 것이 좋겠습니다. '고유한'이란 말은 '본디부터 있던'이란 뜻을 가진 말이니까 이런 데서는 쓸데없이 붙어 있는 말이지요. 어른들이 많이 쓰지만 잘못 쓰는 말이고 안 써도 되는 말입니다.

간접으로 나타난 비판 정신

개싸움 권창남 서울 돈암초 5학년

우리 집 위에는
개 싸움장이 있다.

일요일마다 개를
데리고 와
억지로 싸움을 시킨다.

누런 잡종 개와 시커먼
똥개가 싸웠는데
누런 잡종 개는 시커먼

똥개에게 맞기만 한다.

2분 만에 시커먼 똥개가
누런 잡종 개를 케이오시켰다.

잡종 개 주인은 개를 막 때렸다.
그리고 재수 없다고 하며
개를 데리고 갔다.

어른들이 개 싸움장에서 개싸움을 시키는 짓을 보고 썼습니다. 자기의 느낌을 바로 쓴 말은 없고, 본 것을 그대로 써 보이기만 했습니다만, 글쓴이의 마음을 읽을 수 있습니다. "억지로 싸움을 시킨다"는 말에서 어른들이 하는 짓을 비판하는 태도가 나타나 있습니다.

"맞기만 한다"고 했는데, 개들이 싸우면 입으로 물지, 사람같이 때리고 맞고 하는 것은 아닐 텐데 어째서 이렇게 썼는지요?

비판이 있어야 삶도 시도 나아간다

우리 반 회의 차명주 서울 돈암초 5학년

우리 반은 토요일마다
아무런 이득이 없는데
괜히 회의를 한다.

한번 내놓은 의견이면
지키도록 노력해야 되는 건데

노력도 하지 않는다.
그러려면 말을 하지
않는 것이 좋은데

우리 반은 괜히
심심하니까
회의를 하는 것 같다.

공부든지 회의든지 놀이든지, 그 밖의 모든 학급 생활은
누가 시키는 대로 따라서 하거나 어쩔 수 없이 끌려가서는
안 됩니다. 학급 어린이들 스스로 나아가 해야 하고, 모두
서로 의논해서 즐겁게 해야 합니다. 그래야만 민주주의 교
실이 될 수 있지요. 토요일마다 하는 회의가 "아무런 이득"
도 없이 그냥 형식으로만 하고 있다고 비판한 것이 좋습니

다. 이렇게 잘못된 것을 비판해야 학급 생활이 앞으로 나아
갈 수 있지요. 시도 우리들의 삶을 비판하는 높은 눈으로 보
아야 제대로 쓸 수 있습니다.

"한번 내놓은 의견"이 지켜지지 않는다면 그 까닭이 어디
있는지 생각해 보아요. 애당초 지켜질 것 같지도 않는 의견
을 내어서 생각도 없이 결정했다면, 이 글에서 쓴 대로 그런
태도부터 고쳐야 하겠지요. "괜히/ 심심하니까"회의를 한
다고 했는데, 정말 그렇다면 회의도 그만두는 것이 좋겠지
만, 과연 그 학급에서 걱정하고 의논할 문제가 없을까요?

하고 싶은 말을 자꾸 써야

휴전선 김천탁 대구 논공초 6학년

동독 사람들이
장벽을 넘어
서독으로 간다.
모두들 만세를 부른다.
어떤 사람은
장벽을 부수고 있었다.
동독과 서독의

장벽은 무너지는데
우리 나라의 휴전선은
끄떡도 없다.

참 답답하고 억울한 일입니다. 같은 민족끼리 서로 만나
볼 수도 없는 나라는 이 지구 위에서 우리뿐입니다. 여러분
은 이렇게 하고 싶은 말을 글로서라도 자꾸 써 주세요.

잘못된 어른들을 따르지 말고

축구 김우상 경북 울진 노음초 진복분교 4학년

공 차다 지면
골키퍼 보고
야, 이 빙시야! 그것도 못 막나?
아이들이 짜증을 내면서 그랜다.
이기면 기분 좋다고 웃고
진 편 아이들은 눈을 흘기면서
신경질을 내고 화를 막 낸다.

이 시는 운동경기에 대해 많은 생각을 하게 합니다. 운동

경기가 이기는 데만 목표를 두고 있으니 이렇게 되지요. 잘
못된 어른들을 따라서는 안 되겠습니다.

비판하게 된 사정이 나타나야

총 박찬준 서울 쌍문초 2학년

총에 대하여 생각해 보았다.
사람 죽이고, 동물을 죽이고
하는 총은 정말 나쁘다.
동물들의 마음과 생명을
빼앗아 버리는 총!
총에 맞은 사람과 동물들이
얼마나 불쌍한가?
나는 총이 싫다.

어른들은 모두 총을 예사로 보고, 총으로 짐승을 죽이고
사람까지 죽이기를 예사로 합니다. 그래서 아이들도 장난감
총을 가지고 싶어 하고, 총 쏘는 시늉이며 전쟁놀이를 즐기
지요. 그러나 이런 사람들의 짓은 얼마나 잘못된 것입니까?
이 어린이는 총을 쏘는 사람, 총으로 장난을 하는 사람 편

이 아니고 그 총에 맞은 사람이나 동물 편에서 생각하고 있습니다. 참으로 훌륭한 마음이고 훌륭한 태도입니다.

모두가 잘못된 생각을 하고 잘못된 행동을 하면 그것이 잘못된 줄을 모릅니다. 그럴 때 모든 사람이 잘못되었다는 것을 느끼고 그것을 솔직하게 말하는 것이 바로 시입니다.

다만 이 글에서, 왜 하필 이렇게 총에 대해서 생각하게 되었는지, 총에 대한 생각을 하게 된 그 사정이 조금이라도 나타났더라면 더 좋은 시가 되었을 것입니다.

생각이 바르니 말도 살아 있는 것

촌놈 김천탁 대구 논공초 6학년

외가에 가면
이모가
촌놈 촌놈 한다.
얼굴이 새까맣다고
그런다.
도시에도
새까만 사람이 많기만 많더라. (1989. 9.)

258

농촌 사람은 얼굴이 검지요. 햇볕을 많이 쬐니까요. 그것
도 모르고 얼굴이 검다고 촌놈, 촌놈 한다면 농담으로 하는
말이라도 너무 무식한 사람입니다. "많기만 많더라" 이런
살아 있는 말이 참 좋습니다. 든든한 자기 생각을 가지니까
살아 있는 말을 쓰는 것이지요.

외국 말 외국 글자 떠받드는 사람들

우리 나라 물건 김고운 서울 발산초 3학년

우리 나라 물건에
영어가 써 있는
이유는 무엇일까

옷에도 영어로
쫑알쫑알
책받침도 영어로
쫑알쫑알

우리 나라 글씨를
써 놓지도 않으면서

영어로 써 놓지?

무슨 물건이든지 한글로 써 놓으면 시시하게 보고 잘 사지도 않는답니다. 실지로는 꼭 그런 것만도 아닌데 장사꾼들이 그렇게 보고 물건을 그렇게 만들지요. 어른들은 모두 그 마음이 병들었습니다. 어린이들은 어른들을 따르지 말아야겠어요.

말을 하듯이 쓴 것이 더욱 좋습니다.

"이유"란 말을 더 깨끗하고 좋은 우리 말로 '까닭'이라 쓰면 되지요.

왜 우리 글을 반대할까요?

한글 창제 정지훈 대구 논공초 6학년

우리 말은 있어도
우리 글이 없다.
훌륭하신 세종대왕
집현전 학자들과 우리 글을 만드셨다.
"안 됩니다. 너무 쉽습니다."
"안 됩니다. 여자들이 배우면 큰일 납니다."

"안 됩니다. 양반 체면 깎입니다."
세종대왕은 가슴이 아파
"그래 할 수 없구나."
3년 뒤에 한글을 발표했다.
그때 백성들이
"세종대왕 만세."
요새 백성들도
"세종대왕 만세."
"우리 한글 만세."

우리 글자를 만들어 낸 역사에 대한 생각을 사람들의 입에서 나오는 말로 잘 요약했습니다. 그런데 "안 됩니다"고 하는 사람들이 우리 글자를 처음 만들어 내던 그때에만 있었던 것이 아닙니다. 오늘날에도 중국글자를 신문이고 책에다 쓰고 싶어 하는 어른들은 한글만 쓰기를 반대합니다. 한글만 쓰더라도 쉬운 우리 말은 안 쓰고 어려운 중국글자말이나 서양말을 자랑스럽게 쓰는 사람은 또 얼마나 많습니까. 이들은 모두 "안 됩니다"고 하는 사람들입니다.

'특별한 사람'에 대한 생각

증명서 안재일 경기 고양 성사초 3학년

스카우트에서 증명서를 나누어 주었다.
내 얼굴과 이름이 있었다.
아이들은 서로 "나 이런 사람이야!"
하였다.
우린 마주 보고 웃었다.
증명서가 있는 나는 특별한
사람이다.
항상 부끄럽지 않게 행동해야지
생각했다.

증명서란 것이 사람의 마음을 참 이상하게 만드는구나,
하는 생각이 듭니다. 그런데 '특별한 사람'으로 되는 것이
좋은 것인지, 참된 사람의 길에서 한번 생각해 보세요. 어떤
사람이 특별한 사람일까요? 남이 특별한 사람으로 되는 것
은 좋지 않지만 내가 특별한 사람으로 되는 것은 좋다고 생
각해서는 이치가 어긋나지요. 민주주의 사회는 특별한 사람
을 없애는 사회입니다. 그리고 특별한 사람이 있다고 하더
라도 그런 사람만 부끄럽지 않게 행동하면서 살아가야 하는
것이 아니라 보통 사람도 모두 떳떳하게 살아가야 합니다.

자연과 함께 살기

자연은 사람 밑에 있어서 사람이 마음대로 부리고 쓰고 죽이고 살리고 해도 되는 것일까요? 그렇지 않습니다. 자연이 사람 밑에 있는 것이 아니라, 사람이 자연 속에 있고, 사람은 자연의 한 부분입니다.

자연은 사람 없이 살지만, 사람은 자연 없이 잠깐이라도 살 수 없습니다. 그런데 사람은 자연을 자꾸 부수고 죽입니다. 그래서 사람이 살기 어려운 지구가 되어 가고 있습니다. 이런 사정은 누구보다도 어린이들이 잘 알 것 같습니다. 어쩌다가 어른 흉내를 내는 어린이가 있기는 합니다만, 어린이는 본디 자연을 좋아하여 자연 속에서 살고 싶어 합니다. 풀과 나무와 이야기하고, 새와 벌레를 한 형제처럼 여깁니다. 어린이들이 쓴 시를 보면 사람도 자연이고, 그래서 사람

은 자연과 어울려 살아야 착해지고 사람다워진다는 진리를
잘 깨닫게 됩니다.

하늘 같은 어린이 마음

해님 안동림 경북 봉화 석포초 3학년

오늘은 해님이 방글방글
웃고 있어요.
이렇게 밝은 날에는
해님이 하루 종일
웃고 있어요.

환하게 밝은 날입니다. 아, 해님이 웃고 있구나, 이렇게 밝
은 날에는 하루 종일 해님이 웃고 있구나, 하고 하늘을 쳐다
보고 있는 이 어린이의 마음도 구름 한 점 없는 하늘과 같습
니다.

모든 것과 함께 있는 하늘

맑은 하늘 이하연 서울 월천초 4학년

어제 비가 왔는데도
하늘은 맑다.

하이얀 구름도
시원한 바람도
커다란 태양도
모두 하늘에 있다.

마음이 상쾌해진다.
멋진 하늘.

하늘의 구름 위로 떠오르고 싶다.
하늘의 태양 위로 가 보고 싶다.
하늘의 시원한 바람 따라 나르고 싶다.

끝없이 손을 올려도 만져지지 않는
맑은 하늘.
모든 것과 함께 있는
하늘.

비 온 뒤의 하늘을 쳐다보았을 때 느낌을 아주 잘 나타내

었습니다. 하얀 구름과 시원한 바람과 커다란 태양, 그 하늘
에 오르고 싶어 하는 어린이 마음이 아름다운 자연과 너무
나 잘 어울립니다.

　끝없이 손을 올려도 만져지지 않는
　맑은 하늘.
　모든 것과 함께 있는
　하늘.

　하늘과 어린이 마음은 이렇게 아름답습니다. 그리고 아름
다운 하늘과 자연은 이렇게 "모든 것과 함께" 있고 싶어서
어린이들을 부르는데, 병든 어른들은 어린이들을 방 안에
가두어 놓고 서로 해치고 미워하도록 하는 점수 따기 공부
를 억지로 시키고 있지요.
　이 시는 높고 넓은 하늘을 쳐다보았을 때, 본 것과 느낀
것이 한데 어울려 있습니다. 다만 "어제 비가 왔는데도/ 하
늘은 맑다"고 썼는데, 비가 온 다음 날이니까 하늘이 더 맑
은 것입니다. 이런 말도 요즘 어린이들이 자연과 너무 멀리
떨어져 있어서 자연을 모르기 때문에 나온 말입니다.

　내가 그것이 되어서 보면

포도 박소은 서울 북가좌초 2학년

포도는 형제가 참 많다.
꼭 같이 태어난 쌍둥이 같다. 보라색 옷을 입은 포도 형제.
포도 가지에 붙어 포도들은 모두가 생긋생긋 웃는다.

수많은 포도알들이 한데 붙어 있는 모양, 그것을 본 느낌을 아주 잘 나타내었습니다. 무엇이든지 이렇게 진정으로 보고, 사랑으로 대하고, 내가 바로 그것이 되어서 보면 시가 생겨납니다.

바로 어느 나무를 보고

낙엽 남선화 경기 부천 약대초 2학년

낙엽은 낙엽은
불쌍한
꽃잎이어요.
가을과 겨울이 되면
가지에서 떨어져요.
아야야

아프다고
소리 지르지요.

2학년 어린이가 "낙엽"을 "꽃잎"이라고 생각한 것이 놀랍기도 하고, 좀 마음이 안 놓이기도 합니다. 그러나 "아야야/ 아프다고" 소리 지른다는 말에 2학년 어린이다운 마음이 나타났습니다. 낙엽의 마음을 잘 잡았습니다.

이 시는 가을날 떨어지는 어떤 나뭇잎을 보고 쓴 것이 아니라, 모든 나뭇잎에 대한 생각을 쓴 시입니다. 이렇게 쓰지 말고 버드나무면 버드나무, 은행나무면 은행나무를 바로 보고 그 나뭇잎이 떨어지는 모양과 느낌을 또렷하게 잡아서 쓰면 더 좋은 시가 될 것입니다.

다정한 말 들려주는 운동장

운동장 장정효 경북 울진 죽변초 5학년

운동장은 마음도 좋다.
아이들이 까불고 떠들고
소리치고 뛰어도
마음이 좋고 참 넓다.

내가 운동장에서
막 달리니
"정효, 너 참 잘 달리는구나"
나보고 잘 달린다고
칭찬을 한다.
나는 기분이 좋아
더 빨리 달렸다.

시골 학교의 넓은 운동장과 그 운동장을 즐거운 마음으로 달려가는 어린이의 모습이 눈앞에 나타납니다. 운동장도 이렇게 해서 어린이와 이야기를 하는 다정한 사이가 되지요.

엄마 품 돌담

돌담 김명숙 경북 안동 대성초 6학년

돌담은 뱀의 엄마도 된다.
돌담은 다람쥐의 엄마도 된다.
돌담은 쥐의 엄마도 된다.
사람이 잡으려고 하면
돌담인 엄마 품으로 쏙 들어가 버린다.

돌담은 산골에서 가난하게 살아가는 사람들이 쌓아 둔 것입니다. 돌담이라면 도시 사람들이 보기 싫다고 헐어 없애고 싶어 하겠지만, 이 아이는 목숨을 지켜 주는 어머니로 보고 있습니다. 그 돌담이 쫓겨 다니는 뱀과 다람쥐와 쥐들을 품에 안아서 숨겨 주고 지켜 주니 엄마가 아니고 무엇입니까. 자연을 이렇게 따스한 정으로 볼 수 있다는 것은 참으로 훌륭합니다. 읽으면 저절로 웃음이 나는 좋은 시입니다.

여기서는 자연이 사람이고 사람이 자연입니다. 자연과 사람이 아주 하나로 되어 있는 훌륭한 시입니다.

흙 속이 따뜻했으면

개구리 박지은 경북 봉화 석포초 3학년

연못에선
개구리가 살고 있어요.
겨울이 오면
어떻게 지낼까요?

개구리는
흙 속에서 잠을 잔대요.

흙 속이 따뜻했으면

좋겠어요. (11. 14.)

  날씨가 추워져서, 이제 곧 겨울이 오겠구나 싶으니 개구
리가 걱정되었습니다. 연못에서 여름 동안 즐겁게 살던 개
구리는 겨울에 어떻게 지낼까? 개구리는 흙 속에 들어간다
고 했지. 제발 그 흙 속이 따뜻했으면 좋겠다……. 개구리를
생각하는 마음이 잘 나타난 좋은 시입니다. 맨 끝에 쓴 날짜
를 적어 놓은 것도 잘했습니다.

생명을 짓밟는 아이

사마귀 이남수 경북 울진 노음초 진복분교 4학년

사마귀가 앞발을 들고

궁디를 땅에 대고

앉아 있었다.

내가 발로 찰라 하니깐

앞발을 톱같이 해 가지고

달려들었다.

사마귀도 사람처럼 용기가 있는가?

내한테 달려드는 것 보니깐
참 용감하다.
6학년 ○○ 형이 앞발로
에라 하고 밟아 죽였다.
억울하게 죽었지만
참 용감하게 죽었다. (1989. 10.)

　우리는 이 세상에서 개미 한 마리도 올바른 까닭 없이 죽일 권리가 없습니다. 그 6학년 아이가 무슨 까닭으로 사마귀를 밟아 죽였을까요? 단지 사마귀보다 자기 힘이 월등하게 세기 때문이라면, 이다음에 자기 자신이 그 어떤 힘으로 마구 짓밟혔을 때는 무슨 말을 할 수 있을까요? 벌레나 짐승을 마구 죽이기를 예사로 하는 아이들은 자라나서 사람의 목숨도 가볍게 여기게 됩니다. 이 세상의 불행은 이렇게 해서 끝없이 되풀이되지요. 이 시는 목숨을 마구 짓밟아 죽이는 6학년 ○○ 형이란 아이에 대한 비판이 없는 것이 섭섭합니다. 그 형의 이름조차 바로 적어 놓지 못했네요.

놀라움을 느끼는 마음

참새 최원우 경북 봉화 석포초 3학년

참새의 배를 보면
꼭 임신을 한
배 같은데
어떻게 그 뚱뚱한 배로
하늘을 날까? (11. 14.)

참 그렇지요. 참새가 날아가는 것이 놀랍습니다. 이런 놀라움을 느끼는 마음이 시를 쓰게 합니다.

"임신"이란 말은 어른들이 쓰는 중국글자말입니다. "임신을 한"이라면 '아기를 밴'이라든지 '새끼를 밴'이라고 쓰면 됩니다.

소가 사람이 되면

小 성유리 경기 남양주 심석초 2학년

소의 눈은 참 크다. 두 눈을 보면 참 착하게 보인다. 소는 참 착한가 보다.

소가 사람이 되면 이 세상은 다 착한 사람이 될 거다. (1989.)

소 눈을 가만히 들여다보고 느낀 것을 썼습니다. 소 눈은

아주아주 크지요. 그러나 무서운 눈이 아니고 한없이 착하
게 보이는 눈입니다. 아, 소는 착한 마음을 가졌구나! 이 소
가 사람이 된다면? 그렇게 되면 이 세상은 모두 착한 사람
만 살게 될 테지……. 얼마나 재미있는 느낌입니까? 정말 소
가 사람이 된다면, 아니 사람이 모두 소같이만 된다면 이 세
상은 참으로 평화스럽고 아름다운 세상이 될 것입니다.
　이것은 줄글처럼 이어서 썼지만 훌륭한 시가 되었습니다.

　내가 그렇게 생겼나?

소 윤정희 경북 울진 노음초 진복분교 4학년

특활 시간에
내가 그린 소
소는 애들이 갑자기 와서
자길 그리니까
이상하다는 듯 눈을
꿈벅거리며 고개를
일로 갔다 절로 갔다 한다.
애들이 그린 소를 보니
어떤 소는 염소, 양, 개처럼

그렸다.
또 얼굴은 크고 몸은 작고
다리도 작다.
나는 내가 그린 소와
애들이 그린 소를 비교하니까
소가 나를 쳐다보며
내가 그렇게 생겼나?
하는 것 같다.

그림을 그리는 아이들 앞에 서 있는 소의 모습이 잘 나타나 있습니다. 더구나 "소가 나를 쳐다보며/ 내가 그렇게 생겼나?/ 하는 것 같다"고 한 데서 소를 잘 보았습니다.
그림을 그리는 시간이었는데, 시까지 쓰게 되었군요. 무엇이든지 잘 보고 본 대로 정확하게 그려 보이는 것이 그림이고 또 시입니다.
"비교하니까"란 말을 더 깨끗한 우리 말로 쓰면 '견주어 보니까'로 됩니다.

소는 우리 집 식구

쌍둥 송아지 주성배 대구 논공초 4학년

한 배에서 태어난
쌍둥 송아지.

입 코 눈이
똑같이 닮았다.

엄마 소는 누가
동생인지 형인지 몰라
고개를 흔든다.

한 배에서 태어난
쌍둥 송아지.

엄마 소는
누가 딸이며 아들인지 몰라
고개를 흔든다.

이것은 말 맞추기로 지어 놓은 어른들의 동요를 흉내 낸
것이 아니고, 송아지와 엄마 소를 가만히 바라보다가 문득
떠오른 생각을 쓴 것이라 봅니다. 물론 그 생각은 약간의 공
상을 한 것이지요. 엄마 소가 머리를 절레절레 흔드는 모양

도 눈앞에 떠오릅니다.

자연과 하나가 된 어린이 세계

논두렁길 성재욱 경북 경산 부림초 6학년

내가 집으로 혼자 걸어오는 길
어쩌다 풀 속에 뱀이 있으면
막 앞으로 달려와
"와아, 시껍아!
내일부터는 일로 안 와야지" 하는데도
그다음 날에도 오는 길.

벼들도 바로 내가 왔다고
손을 흔드는 길.
논두렁에 심은 콩
논둑의 뽕나무 잎들이
앞을 가리고
호박이 두 개나 달려 있고
잘 긁히는 억새풀
갖가지 풀들이 어울려 있는 길.

논두렁길은 내가 오지 않으면
쓸쓸해질 거다.
이 길은 나 혼자 와도
심심하지 않은 길. (1987. 9.)

학교에서 혼자 집으로 돌아오는 논두렁길, 요즘은 농촌
에 사람이 드물어 그 논두렁길도 풀이 덮이고, 가끔 뱀이 나
타나 깜짝 놀라게 합니다. 그래서 내일부터는 이 길로 오지
말아야지, 하고 마음먹지만 다음 날에는 또 그 길을 옵니다.
왜 그럴까요?

그 길에 정이 깊이 들어 버린 때문입니다.

벼들도 바로 내가 왔다고
손을 흔드는 길.
논두렁에 심은 콩
논둑의 뽕나무 잎들이
앞을 가리고
호박이 두 개나 달려 있고
잘 긁히는 억새풀
갖가지 풀들이 어울려 있는 길.

이래서 이 어린이에게는 벼들도 콩 포기도 뽕나무 잎들도 호박도, 심지어 자칫하면 긁히는 억새풀까지 모두가 다정하고 그리운 친구가 되어 버린 때문입니다. 그래서 하루라도 그 길을 가지 않으면 그 풀들이 쓸쓸해하고, 이 어린이는 또 못 견디게 그 풀들을 보고 싶기 때문입니다. 그러니까 그 길은 혼자 다녀도 심심하지 않고, 늘 기뻐서 노래라도 흥얼거리면서 지나고 싶은 길이 되어 있습니다.

자연과 사람이 하나로 된, 참으로 아름다운 삶을 살아가는 어린이의 세계가 나타난 좋은 시입니다.

어린이 마음, 어린이 세계

어린이는 정직합니다. 어린이는 거짓말을 하지 않고, 거짓스런 행동을 할 줄 모릅니다. 그런데 어느 어린이가 거짓말을 한다면 어른을 닮아서 하는 것이지요.

어린이는 욕심을 부리지 않습니다. 무엇이든지 함께하려 하고, 나누어 가지려 합니다. 욕심을 부리는 어린이가 있다면 어른을 따라 그렇게 하는 것입니다.

어린이는 돈을 많이 모으려고 하지 않습니다. 제 이름을 내고 싶어 하지 않습니다.

어린이는 사치한 옷을 입고 싶어 하지 않고, 화장이나 몸치장을 싫어합니다. 사치한 옷을 입고 싶어 하고 화장을 한다면 어른 마음으로 물이 든 때문입니다.

어린이는 언제나 약한 이들의 편입니다. 그래서 짐승이나 벌레를 함부로 죽이지 않습니다.

내 마음은 엄마 마음대로

집 보기 박현정 경기 고양 원중초 1학년

엄마가 어디 간다고 했다.
나도 간다고 했다.
그런데 엄마가 집을 보라고 했다.
나는 결국 가지 못했다.
내 마음은 엄마 마음대로다.

엄마를 따라가고 싶었겠지만, 엄마는 혼자 가야 할 볼일
이 있었던 것 아닐까요? 그래도 맨 끝줄에 쓴 "내 마음은 엄
마 마음대로다"고 한 말은 재미있습니다. 정말 그렇다는 생
각이 들기 때문입니다.

지긋지긋한 학원

학원 박주혜 서울 동교초 1학년

글짓기가 끝나면 또 지긋지긋한 미술 학원을 가야 한다.
가서 집을 칠해야 한다.

참 지긋지긋한 미술 학원이군요. 그림을 제 마음대로 그리고 싶은 것을 그리게 하지 않고, 이것을 이렇게 그려라, 여기에다 색칠을 하여라, 하는 짓을 날마다 지긋지긋하게 시키니 기가 막힙니다. 이렇게 잡히고 눌려 있는 마음을 마음껏 글로 쓸 수 있기에 그래도 다행이지요. 글쓰기만은 억지로 하는 지긋지긋한 공부가 안 되기를 바랍니다.

'우리 집'을 찾아낸 아이

우리 집 임혜정 인천 석정초 2학년

우리 집은 좋다. 엄마도 있고 아빠도 있고 언니도 있다. 나도 있다. 우리는 즐겁다.

정말 좋네요. 엄마 없는 집도 있고, 아빠 없는 집도 있고, 엄마 아빠 다 없는 아이들도 있지요. 집조차 없어서 여기저기 쫓기듯이 이사를 하는 사람들도 있지요. 그런데 엄마도 있고 아빠도 있고 언니도 있고 나도 있고, 그래서 모두 즐겁

게 지내니 얼마나 좋아요. 부디 어렵게 살아가는 아이들을
도와주면서 살아가세요. 그러면 더욱 기쁘지요.

하고 싶은 말을 마음껏 하도록

부처님 윤향화 대구 논공초 6학년

선생님 뒤를 따라
부처님께
절을 했다.
황금 옷 입은
부처님
우리 어머니 잘 아프지 않게
해 주세요.
마음속으로 빌었다.
마야 부인의 아들
석가모니 부처님도
어머니가 계셨잖아요.

이렇게 부처님 앞이고 누구 앞에서고 자기가 하고 싶은
말을 마음껏 하는 것이 좋겠습니다. 이 글에서는 또 더 이어

서 하고 싶은 말이나 그 말을 한 다음의 느낌을 쓸 수도 있
었겠습니다.

세계에서 제일가는 라면 만들기를

라면 윤태섭 대구 논공초 6학년

라면이 좋지 않다고
텔레비전에 계속 나왔다.

공업용 쇠기름으로
라면을 튀기다니

이런 범죄를 지은
식품 공장은 여섯 개란다.

선생님께서 그렇게
먹지 말자고 한 까닭
이제야 알 것 같다.

라면 공장 사장은

법에 따라 벌을 받겠지.

라면 공장 사장이
감옥에서 나와

뉘우쳐서
라면을 개발하고

세계에서 제일가는
라면을 만들기 바란다.

어른들 가운데는 용서할 수 없는 나쁜 짓을 하는 어른들
이 많습니다. 그런 아이들도 벌을 받고 나면 마음을 고쳐서
좋은 일을 하는 사람이 되기를 바라고 있습니다. 어린이다
운 착한 생각입니다.

왜 이런 세상 되었어요?

무서운 세상 김소영 서울 성일초 6학년

요즘은 너무 무섭다.

나 혼자 어디 가다가도

누가 나를 따라오는 것만 같다.

봉고 차만 봐도 무섭다.

인신매매 때문에……

요즘 강도들도 너무 많아

자기도 무섭다.

왜 이리 험악하고 무서운

세상이 됐는지……

딸 있는 집들은 공포에 떨고

있다고 한다.

뉴스를 보면 너무 끔찍하고

무서운 이야기뿐이다.

하느님, 왜 이렇게 무서운 세상이

되었어요?

사람들이 너도나도 죄짓고 살아요.

말세나 봐요.

하느님, 우리를 불쌍히 여겨 주세요!

참으로 무서운 세상입니다. 사람이 왜 이렇게 되었는지
두고두고 생각해 보세요. 그래서 여러분이 어른이 되었을
때는 마음 놓고 길을 가고, 여행을 하고, 모두가 즐겁게 일

하면서 살아가는 세상이 되게 해 주세요. 내 생각에는, 서로 점수 많이 따려고 악착같이 다투기만 하는 아이들이 어른으로 되기 때문에 이런 무서운 세상이 되었다고 봅니다. 공부를 왜 하는지, 참된 공부가 무엇인지 깊이 생각해서 사람이 되는 길을 가지 않고는 결코 희망이 없다고 생각합니다. 인간 사회의 문제를 생각하게 하는 시입니다.

기쁨에 넘쳐 나온 말

인숙이가 왔어요! 용구가 온대요! 이주연 서울 성일초 6학년

인숙이가 왔어요!
버스 타고서……
용구가 온대요!
엄마 따라서……

인숙이 집은 영등포
용구네 집은 독산동
둘 다 같은 날에 전학 가서
바로 오늘 똑같이 온대요.

참 이상하게도 인숙이와 용구는
딱딱 맞아요.
다음엔 어떤 것이 딱딱 맞을까요?

이사 가서 아쉽고
전학 가서 아쉽고
모두 모두 다
아쉬워하고 있어요. (1988. 11. 15.)

같은 날에 전학 갔던 두 아이가 희한하게도 또 같은 날에
다니러 오다니 참 재미있네요. 전학 가서 헤어진 아이들을
다시 만나는 기쁨이 넘쳐 있는 시입니다.

인숙이가 왔어요!
버스 타고서……
용구가 온대요!
엄마 따라서……

맨 처음에 이렇게 소리치는 아이들의 말부터 써 놓은 것
이, 만나는 기쁨에 들떠 있는 아이들이 모여 있는 교실의 분
위기를 잘 나타내고 있습니다.